Claire Mazard



# L'absente

SYROS
jeunesse

Catalogage Électre-Bibliographie

Mazard, Claire
L'absente. – Paris : Syros, 2002. – (Les uns les autres)
ISBN 2-7485-0053-9
DEWEY : 811.5 : Albums et fiction. Romans. Aventures et voyages
Public concerné : Adolescents (à partir de 13 ans)

## Loi du 2 septembre 1941
### concernant l'accouchement anonyme

*Selon cette loi, existant en France et au Luxembourg, une femme qui accouche « sous X » fait acte d'abandon total de son enfant qui sera adopté. Le secret de l'identité de la mère est préservé.*

*Il existe aujourd'hui en France environ quatre cent mille personnes vivantes concernées par des difficultés dans la recherche de leurs origines.*

*De nombreuses associations ont dénoncé cette loi et revendiqué le « non-secret » systématique de l'identité de la mère afin de permettre à toute personne née sous X de connaître ses origines.*

*Cette loi doit faire l'objet d'une réforme et un Conseil national pour l'accès aux origines personnelles doit être créé.*

*J'ai écrit ce récit en pensant aux enfants et aux parents concernés par la naissance sous X, mais aussi en ayant une pensée pour tous ceux et celles qui souffrent de « l'absence » d'un être, notamment les enfants orphelins ou les parents qui ont perdu un enfant.*

*À Nicole Dumas.*

# Matilde

Aujourd'hui, 15 juin 2000, de seize à dix-sept heures, j'ai donné mon dernier cours.

De la semaine.

Du trimestre.

De l'année scolaire.

... De ma vie.

Ultime cours avant la retraite. Finalement moins difficile que je ne le craignais. C'est le dernier mais on ne s'en aperçoit pas.

J'ai pris le marqueur et j'ai écrit au tableau blanc :

> *On n'est pas sérieux quand on a dix-sept ans*
> *Et qu'on a des tilleuls verts sur la promenade.*
>
> *Arthur Rimbaud.*

Puis, j'ai annoncé à la classe de seconde BEP :

– Écrivez les réflexions que cette citation vous inspire.

Devant moi, vingt-huit visages – seize-dix-huit ans – se sont décomposés.

Soupirs contestataires.

–Le jour de la sortie, M'dame, vous n'allez pas nous faire galérer !

–Quand on a dix-sept ans, M'dame, on a envie d'être dehors, pas enfermé dans un lycée. Il fait beau, j'ai envie de respirer l'air de ma mob, moi, pas vos tilleuls verts sur la promenade.

Cri spontané d'Abed, désespéré de devoir travailler.

Je me suis empêchée de sourire.

J'ai souri quand même.

Mon contact avec les élèves a toujours été bon. Leurs dix-sept ans justement, leur insouciance parfois m'amusent, et parfois me fascinent aussi.

J'ai préféré garder le silence sur mon départ. À quoi bon leur apprendre qu'ils sont mes derniers élèves ? Seule, au milieu d'eux, je sais. Et ce secret, léger, au fond ne me déplaît pas. Tellement moins pesant, moins destructeur que celui qui squatte mon cœur depuis... depuis si longtemps. Trop longtemps.

Ils ne savaient qu'inventer pour retarder l'instant de travailler.

–Hé, Madame, votre phrase là, c'est pas du français, de la philo plutôt.

–Et vous, vous vous en souvenez de vos dix-sept ans ?

Djamal, au fond de la classe, a balancé sa question. Pas vraiment insolent. Juste un peu provocateur.

D'une voix maîtrisée – j'ai appris à cacher mes émotions – j'ai laissé tomber :

– Il ne s'agit pas d'un devoir, je vous demande seulement de jeter sur le papier vos pensées. En vrac, comme elles vous viennent. Sans vous soucier de la forme, de l'orthographe. Nous pouvons, si vous préférez, en discuter tous ensemble.

– Non, non, d'accord pour le faire par écrit, Madame.

« Sans vous soucier de la forme, de l'orthographe... » Pour un dernier cours, je pouvais bien leur offrir ce petit air de liberté.

« Et vous, vous vous en souvenez de vos dix-sept ans ? »

La question résonne en moi.

Oui, Djamal.

Je m'en souviens.

Comme si c'était hier.

Le 3 juillet 1957.

Date de mon dix-septième anniversaire.

Il y a quarante-trois ans.

La salle jaunâtre, éclairée par des néons blafards. Affairement de blouses ternes autour de moi.

Une terrible panique m'habite. Une horrible douleur, dans tout mon être, me cisaille. Une main a saisi la mienne. Un visage de femme se penche :

– Poussez ! Poussez !

Mon corps ruisselle de sueur. Je pleure. Je hurle. J'ai mal. Si mal. Atrocement mal.

– Encore un effort, ça vient.

Je gémis, je n'en peux plus.

Puis, soudain, ce miaulement de nouveau-né.

Ma tête retombe sur l'oreiller.

La sage-femme s'avance :

– Tout va bien. C'est une fille. Vous ne changez pas d'avis ? Après, vous savez, ce sera fini, vous ne la reverrez jamais.

J'ai seulement la force de secouer la tête. Négativement.

La blouse blanche, pour toujours, emporte loin de moi ce petit être tout juste sorti de mon corps. Ce petit être que, par un ultime geste de la tête, je viens de refuser.

Dans la salle lugubre, plus de cris à présent. Le silence, la nuit.

MA NUIT.

J'ai regardé Djamal, concentré sur sa feuille.

Une naissance non désirée, quel cadeau d'anniversaire pour une adolescente !

Voilà, Djamal, le jour de mes dix-sept ans, j'aurais voulu mourir.

Je vais en avoir soixante. Le cri de ce bébé – MON bébé – tonne encore dans mes oreilles.

J'ai sursauté à la sonnerie. Les élèves, véritables ressorts, aussitôt debout, prêts pour le départ dans leurs starting-blocks.

– Bonnes vacances à tous.

– Et nos copies, Madame ?

– Gardez-les. Qui sait, peut-être plus tard vous les relirez ?

– Mais, c'est pas du jeu, Madame, moi, pour vous, je me suis éclaté le cerveau !

J'ai souri à Djamal.

– Je vous laisse mes réflexions, Madame, en cadeau. Vous verrez, je me suis surpassé. Trop génial !

J'ai glissé sa feuille dans mon cartable.

Suprême coup d'œil à la salle. Je ne suis ni triste, ni émue, indifférente plutôt.

Avec sa question, tout à l'heure, Djamal m'a coupé l'émotion. De toute façon, le souvenir de mes dix-sept ans a toujours estompé les moments importants de ma vie.

– On se revoit le 1er juillet, Matilde, pour le repas de fin d'année ?

– Oui, le 1er juillet, ai-je répondu à mes collègues.

Puis je me suis engouffrée dans le métro, dans la foule. Je n'avais qu'une hâte : me retrouver chez moi avec mes pensées.

Et me voilà installée à mon bureau. De mon écriture de professeur, une fois de plus, je remplis ce gros cahier bleu d'écolier. J'écris pour guérir mon mal.

À dix-sept ans, j'aurais voulu mourir.

Et puis, peu à peu, la vie a repris le dessus.

Il y a eu la fac de lettres, mon concours d'enseignante, mon premier cours, et Bruno enfin, mon compagnon pendant trente ans.

À la naissance d'Alain, mon premier fils, tu as commencé, Nina, à me manquer.

Je t'appelle Nina mais je ne te connais pas. Je ne sais ni ton nom, ni ton prénom. L'Aide sociale à l'enfance, je l'ai appris par la suite, attribue autoritairement trois prénoms aux enfants nés sous X. Le troisième tient lieu de nom de famille.

Tu t'appelles peut-être Marie-Laure-ESTELLE. Ou bien Sonia-Isabelle-CLARA. Ou encore Valérie-Emmanuelle-MARIA.

Pour moi, tu es Nina. Ce prénom s'est imposé à moi un jour.

C'est court, c'est joli, Nina.

Ce prénom, peut-être, t'aurait bien correspondu.

Quand j'ai accouché d'Alain, donc, j'ai commencé à penser à toi.

Pour me sauvegarder, pour oublier, je t'avais enfouie au plus profond de moi. Mais tu étais là. Et dans ma tête, soudain, tu as éclaté. Tu as resurgi brusquement dans ma vie.

Depuis, pas une seule semaine ne s'est écoulée sans que je songe à toi. Alain a trente-cinq ans maintenant. Toi... bientôt quarante-trois.

Je me souviens des premiers pas d'Alain vers moi, maladroits, puis son rire quand, deux mètres plus loin, il s'est retrouvé dans mes bras tendus.

Qui t'a aidée à faire tes premiers pas ?

Vers quels bras t'es-tu élancée ?

Des bras t'ont-ils accueillie ?

Ma fille.

Ma petite fille.

Que j'ai abandonnée.

Je me lève brutalement. Coup d'œil au réveil : il est minuit.

J'étouffe. J'ouvre la fenêtre. L'air frais s'engouffre et les bruits de la ville aussi. Ils ont la même consonance que ceux de ta naissance. Ils martèlent ma tête.

Je referme la fenêtre.

Sur mon lit, ouverte, ma petite valise « à secrets », comme je l'appelle. Elle contient l'essentiel de ma vie : quinze cahiers d'écolier, bleus, tous remplis de mon écriture, semblables à celui sur lequel mon stylo glisse en ce moment. Des photos de classe. Quelques copies d'élèves. La boîte Banania contenant les lettres de Bruno... Et, enfouie sous tout cela, comme cachée, une enveloppe jaunie. Ma main veut l'attraper. Elle hésite, s'arrête.

Je me rassois à mon bureau.

Aujourd'hui, plus encore, ma Nina ma petite fille,

j'éprouve le besoin d'écrire. De *t*'écrire. Encore et toujours.

Trois ans après Alain, Christophe est né. Tu as deux frères, Nina, et tu ne le sais pas. Eux non plus ne connaissent pas ton existence. Personne dans mon entourage ne sait.

Après ceux d'Alain, il y a eu les premiers pas de Christophe, ses balbutiements, ses sourires d'enfant, heureux.

À nouveau, je pense à toi.

Tu ne me quittes plus désormais.

Tu m'habites.

« Vous ne voulez pas la prendre contre vous un instant ? »

J'ai eu la force de dire non.

À cause de ce geste, commis à l'âge de dix-sept ans, je crains parfois, quarante-trois ans plus tard, de sombrer dans la folie.

Je glisse peu à peu dans la dépression.

« Est-on sérieux quand on a dix-sept ans et qu'on a des tilleuls verts sur la promenade ? »

Mes parents, décédés il y a dix ans, ont emporté dans leur tombe ce secret qu'ils m'ont imposé quand j'avais dix-sept ans. En devenant adulte, en prenant du recul, je les ai jugés faibles, lâches, méprisables.

M'aimaient-ils ?

De toute mon existence, APRÈS, je n'ai jamais pu leur reparler de toi, évoquer ce 3 juillet 1957.

Ma Nina.

Quelle a été ton enfance ?

Comment as-tu grandi ?

Que fais-tu dans la vie ?

As-tu des enfants aussi ?

Es-tu heureuse ?

Es-tu vivante ?

16 juin.

Ce matin, je me suis rendue gare Montparnasse. J'ai pris mon billet de train pour l'Île-aux-Moines. Le 9 juillet.

Devant les dunes, devant la mer, j'ai acheté, comme plaisantent mes collègues, ma « maison de retraite ». Deux pièces. Cuisine. Salle d'eau. Grand jardin avec un pin. Il y a aussi une habitante en permanence que les anciens propriétaires à ma demande m'ont laissée : Marie-Rose, dite Mimo, une tortue de terre qui se plaît au bord de l'Océan et ne s'en va pas.

– Comment va Mimo ? Comment va ton pin ? s'amusent à me demander les collègues.

Je n'imaginais pas une maison sans pin. Et sans lauriers-roses. À Paris, je garde mon appartement pour venir de temps en temps voir Alain, Christophe, mes petits-enfants. Je ne redoute pas la retraite. J'ai aimé mon métier de professeur, les élèves, mais ils ne me manqueront pas.

Me retrouver seule, face à l'Atlantique, même en plein hiver, même hors saison, sans visite, isolée dans mon « monastère », ne m'effraie pas. Au contraire. Je ne serai pas seule, je serai volontairement solitaire. La solitude, la vraie – chacun seul au milieu des autres, parmi la foule –, n'est pas une question de nombre de personnes mais de vide intérieur. Les auteurs classiques finalement n'ont jamais cessé d'aborder ce thème.

Au programme de ma retraite – « programme », difficile de gommer le vocabulaire de prof –, au programme donc : Stendhal, Sartre, Giono, Gide, Pagnol... Tout Stendhal, tout Sartre, tout Giono... Ces auteurs dont j'ai dévoré les écrits étant adolescente, puis que j'ai étudiés avec mes élèves, analysés, expliqués, disséqués des centaines de fois dans des morceaux choisis. Aujourd'hui, je savoure à l'avance le plaisir de les redécouvrir dans leurs œuvres complètes. Au calme, sous mon pin, devant les dunes, devant les vagues, à l'infini me nourrir de mots.

Et les mots – apparemment anodins – de la vie quotidienne, parfois si importants, si dangereux.

« Voulez-vous la prendre contre vous un instant ? »

Au lieu de « non », aurais-je dû choisir le mot « oui » ?

Je tressaille : le téléphone. C'est Alain.

– Maman ?

– Oui, mon chéri.

J'ai toujours dit « mon chéri » à Alain, « mon petit » à Christophe.

– Le 3 juillet, Maman, tu n'oublies pas, nous t'invitons, Christophe et moi.

Le 3 juillet, pour mes soixante ans. Mes fils n'oublient jamais de fêter mon anniversaire.

– Ça va, Maman ?

– Mais oui, mon chéri.

Depuis ma séparation d'avec Bruno, il y a cinq ans, Alain s'inquiète pour moi, déboussolé par mon attitude. Il joue son rôle de fils aîné attentionné. Je suis injuste, il s'inquiète sincèrement. Il soupçonne, sans comprendre, le début d'une dépression.

– Au 3 juillet, alors ? Yannick et les enfants t'embrassent.

– Je vous embrasse aussi.

Je raccroche.

Mes deux fils, tellement différents !

Alain : ingénieur en informatique, marié tôt, deux enfants, vie toute tracée en ligne droite. Besoin de construire, organiser, consolider. De savoir où il va. Il ressemble à Bruno, je crois.

Christophe : célibataire, se laissant porter par la vie, toujours en vadrouille sur son bateau.

Et toi, Nina, quelle est ta personnalité ? Me ressembles-tu ? J'aimerais tant que tu aies le goût de la littérature ? J'aurais aimé discuter avec toi de ces auteurs qui m'aident à vivre.

Je deviens folle à t'écrire, encore et encore, sur mes cahiers bleus.

Je le serais devenue sans eux.

J'ai mis de l'ordre dans mes affaires. Livres, manuels scolaires, carnets de notes... j'ai tout rangé. Sauf mon cartable, usé, inutile à présent. Il a trimballé tant de copies... Je ne me résous pas à m'en séparer. Je décide de le descendre à la cave.

Je remonte de la cave, impressionnée par son contenu. Elle est pleine à craquer de souvenirs, comme le cartable dont je n'ai pu me séparer. Le mot « séparer », en fait, me fait horreur. Toute séparation me panique. Je conserve tout. Jouets d'Alain, dessins de Christophe, vieux vélo rouillé de Bruno...

Et de toi, Nina, je n'ai rien. Rien. Rien à conserver.

L'approche de mes soixante ans me remémore sans cesse ta naissance.

Plus je vieillis, plus je me rapproche de toi et plus tu me parais inaccessible.

Cette nuit, je me suis réveillée en sursaut. Je rêvais que j'étais en vacances en Nouvelle-Calédonie. Je faisais la queue au bureau de poste pour envoyer à Djamal sa copie en recommandé. Derrière moi, une femme, la quarantaine, mal habillée, le visage marqué, vieilli, soudain m'a agressée :

– Vous m'avez doublée, Madame.

Elle m'a fixée puis a reculé, effrayée, effrayante.

– Mais... vous êtes ma mère ! a-t-elle hurlé.

Regard en feu. Flammes de haine.

Sans que j'aie eu le temps de réagir, elle m'a craché au visage. Puis s'est mise à fuir en criant :

– Au secours ! Au secours !

– Une dingue ! a murmuré un homme dans la file d'attente.

J'ai eu des nausées toute la nuit. Je n'ai pu me rendormir. Malade tout ce matin également.

« Elle est heureuse, elle a réussi sa vie. » Je me raccroche désespérément en pensant cela de toi.

1er juillet. Fête de fin d'année au lycée. Dans la cour de récréation, sous les tilleuls, des tables, des chaises étaient installées. La sono aussi.

Buffet froid. Musique. Danse.

Et avant tout cela, bien sûr, le discours du proviseur. Pour mon départ en retraite, devant tous mes collègues, il a retracé ce qu'il a appelé ma « carrière ». Mot très curieux. Une carrière restera toujours pour moi, comme je l'ai appris à l'école, « un lieu où l'on extrait et où l'on taille des pierres ». Un vide et non une construction.

*Matilde, chère Matilde, je me permets aujourd'hui de retracer votre carrière, votre vie professionnelle, votre vie tout court...*

*À vingt et un ans, licence de lettres en poche, vous réussissez brillamment votre concours d'enseignante et, plutôt que dans un collège, plutôt que dans un lycée classique, vous choisissez d'enseigner en lycée professionnel. En LP, comme on dit, établissement réputé pour accueillir des élèves difficiles, souvent en échec scolaire. Eh bien, ces élèves, qui préparent un BEP, qui maîtrisent mal le français, qui écrivent quasi phonétiquement, vous vous dévouez à eux corps et âme, je dis bien corps et âme, pendant près de quarante ans. Pourquoi, Matilde, avoir choisi le LP ? Quand on vous pose la question, vous répondez simplement : « Ces jeunes ont des choses très fortes à écrire. Je voudrais qu'ils les écrivent. » Vous savez motiver les élèves. Vous vous consacrez à eux sans pour autant oublier l'éducation de vos deux fistons, ici présents, invités...*

Toutes les têtes, bien évidemment, se tournent pour apercevoir les deux fistons.

*... Vos deux fistons qui ont, on peut le dire, réussi dans la vie. Votre aîné, Alain, ingénieur en informatique, et le cadet, Christophe, passionné de marine, prêt*

*à parcourir les océans. Chers collègues, vous apercevez aussi des petites frimousses... Naïs, Magali et Benjamin. Car vous êtes, Matilde, une grand-mère comblée...*

Pas de Bruno dans le discours. Bruno traité de lâche, d'égoïste, d'irresponsable par toutes mes amies au lycée. Je ne leur en veux pas. Elles le critiquent par solidarité envers moi.

Bruno n'a jamais été lâche, égoïste, irresponsable. Elles ne le connaissent pas. Elles ne me connaissent pas.

*... Le contact chaleureux que vous entretenez avec vos élèves, Matilde, vous caractérise...*

Le discours n'en finissait plus.

*... Ces élèves au parcours difficile, je l'ai déjà dit, avec vous, Matilde, ils aimaient le français. Ils travaillaient pour vous faire plaisir.*

Applaudissements. Bises. Rebises. J'ai noté l'imparfait : *aimaient, travaillaient.* On est très vite « rangé, mis de côté » dans la vie.

*Très chère Matilde, que vous souhaiter ? Semblable à votre vie d'enseignante, une retraite belle et riche, un repos bien mérité et, pour cela...*

Le proviseur m'a entraînée quelques mètres plus loin. Derrière le tableau d'affichage des résultats aux examens, un énorme paquet cadeau. Les collègues m'ont entourée. Sous les regards de tous, souriants, j'ai déballé. Une chaise longue grand luxe.

– À installer sous ton pin, a lancé Françoise Tison.

Tout le monde a ri.

– On l'a choisie la plus confortable qui soit, a expliqué Annie Allogne.

Jean-Louis Roques, le prof de maths, s'est aussitôt affalé dedans. Bras derrière la tête, il a murmuré :

– Il nous en faudrait en salle des profs...

Isabelle Maisonobe s'est approchée :

– Et pour aller avec...

Elle avait dans les bras un gros carton. Je l'ai ouvert. Des San Antonio, en livres de poche.

– Les soixante-dix-sept titres qui manquaient à ta bibliothèque sont là.

Je la regarde, ébahie.

– Mais... comment as-tu su... ?

Elle éclate de rire.

– Tu ne t'es rendu compte de rien. Tu sais, au mois de mai, quand tu m'as invitée à dîner, nous avons tellement parlé, finalement, je suis restée dormir chez toi...

– Oui, je me souviens, mais...

– J'étais mandatée par les collègues pour mener mon enquête. La nuit, je me suis levée pour faire l'inventaire de tes rayonnages. Ainsi, tu auras tout

San-Antonio, y compris *La vieille dame qui marchait dans la mer* que tu reliras avec plaisir, non ?

Je lui ai souri. Je lui en avais tellement parlé quand je l'avais lu. Le style extraordinaire de Fréderic Dard-San-Antonio m'a toujours emballée.

– Ce titre *La vieille dame...* ne présente aucune allusion à ton départ à la retraite ! a précisé Gilles Lavergne.

– Nous t'avons pris aussi deux thèses sur San-Antonio. Même loin de nous, tu ne t'ennuieras pas, a ajouté Charlette, la documentaliste.

Ça, non ! San-Antonio, l'auteur idéal pour le bord de mer ! Sur la plage, au soleil, entre deux bains. J'étais émue. Je ne savais que dire. Contrairement au proviseur, je n'avais pas préparé de discours.

J'ai regardé mes collègues que je connaissais depuis dix, vingt, trente ans et j'ai bafouillé :

– Sur votre bulletin, à tous, je marque : « Prix d'excellence en amitié. »

Helyette, la conseillère d'éducation, y est allée de sa larmette. Moi, comme lors de mon dernier cours avec la seconde BEP, je n'étais pas vraiment bouleversée. Touchée par leur gentillesse certes, mais presque indifférente. Comme si cette fête ne me concernait pas.

Les collègues étaient en forme. Ils ont mangé, bu, dansé. L'alcool aidant, ils ont tourné en dérision leur métier, l'Éducation nationale, le ministre... Ils se sont moqués d'eux-mêmes. Ce qui est rare chez eux. Lucide – les enseignants ne savent pas parler d'autre chose que de leur métier –, Florence Slawny a commencé à fredonner :

*Quand un prof rencontre un autre prof,*
*de quoi qui causent,*
*des histoires de profs...*
*Chacun... chacun...*

Tout le monde s'y est mis. Même le proviseur. Je les ai trouvés sympathiques dans leur humour vis-à-vis d'eux mêmes, mais j'avais l'impression de ne pas faire partie de leur corporation, de ne pas avoir leurs préoccupations.

À un moment, Jean-Louis Roques, un peu éméché mais qui reste toujours droit dans sa tête, s'est planté devant moi :

– Matilde, petite séance de calcul. Quatre classes de trente élèves en moyenne par an que multiplie quarante ans. Es-tu consciente que tu as marqué près de... cinq mille élèves ?

Marqué ? Le mot est peut-être fort mais pas faux.

Marqué dans quel sens ? Ai-je bien fait ? Ai-je donné tout ce que j'avais dans le cœur ?

Mes trois petits-enfants se sont amusés comme des fous. Alain et Christophe avec leurs femmes ont aussi apprécié la fête.

Christine Ropiot m'a glissé :

– Ils sont sympas, tes enfants, tu as vraiment réussi.

Tes enfants ! Pourquoi n'a-t-elle pas dit « tes fils » ?

À ce moment précis, Nina, j'ai eu une grosse boule dans la gorge.

2 juillet.

Ma valise « à secrets » est béante devant moi.

Je n'ai jamais relu, Nina, les pages écrites sur toi, pour toi depuis trente ans dans les quinze cahiers bleus. Je n'ai jamais relu les copies d'élèves si précieusement conservées. Je n'ai jamais non plus rouvert l'enveloppe jaunie, ouverte une seule fois, il y a... quarante-trois ans.

En revanche, j'aime relire les lettres de Bruno. Aujourd'hui encore, je les sors de la boîte Banania. Lettres de séparation de mon compagnon. Ironie du sort : je n'ai aucun mot d'amour de celui qui m'a tant aimée, qui m'a rendue la plus heureuse possible pendant près de trente ans. Quand je l'ai rencontré, j'avais vingt-cinq ans. Nous avons tout de suite décidé de vivre ensemble. Un bonheur apparemment sans faille. Si je n'ai aucune lettre d'amour de lui, c'est parce que nous ne nous sommes pratiquement jamais quittés. Ou si peu. On se téléphonait. Maintenant, il y a le mail. Je n'aime pas ce mode de communication. Au mail – à mon avis impersonnel –, je préfère l'émotion de la voix, l'émotion de l'écriture. Mon ordinateur portable pourtant est prêt pour l'Île-aux-Moines. Pour correspondre justement par mail avec mes enfants, mes petits-enfants, mes collègues.

Le papier des lettres de Bruno, vieux pourtant de cinq ans maintenant, n'a pas jauni.

*Ma Tilde,*

*Quand je tente de te parler, tu te fermes, alors je t'écris. Tu t'éloignes peu à peu de moi, des enfants aussi... Je ne comprends pas... Je ne te reconnais plus... Je voudrais t'aider...*

*Ma Tilde,*

*Ta torpeur, tes silences continuels deviennent difficiles à vivre. J'ai l'impression parfois que tu ne me supportes plus...*

*Ma Tilde, ma chérie,*

*Je ne comprends plus... J'ai mal...*

Bruno, délicieux compagnon que j'ai pourtant laissé partir. Lui qui ne savait que construire, vers quelle destruction le conduisais-je ? Lui qui a toujours eu besoin d'une boussole, avec moi, perdait le nord.

Bruno, j'ai pour toi toujours une profonde tendresse, de l'amour même. Mais tu ne pouvais pas combler le vide au fond de moi.

Tu as fait tout ce que tu as pu... En vain... Et nous avons dû – j'ai dû – assumer le mot « séparer ».

J'ai un petit rire ironique vis-à-vis de moi-même : je ne pouvais tout de même pas te « conserver » à la cave !

J'ai replié les lettres, les ai rangées une fois de plus dans leur boîte. Puis, la boîte dans la valise. À côté de l'enveloppe jaunie. À la seule vue de cette enveloppe, mon cœur bat. De douleur. Même après tant d'années.

J'écris, Nina, pour rester, par la pensée, en contact avec toi. Même si tu ne lis pas, ne liras jamais mes cahiers.

Je ne suis pas une enseignante à la retraite aimée par ses élèves. Je suis seulement une mère qui parfois juge sa vie ratée. Une mère qui écrit, écrit à sa fille, cette inconnue. Quarante-trois ans après !

Tout cela n'est-il pas ridicule ? Dérisoire ?

J'aurais voulu te dire que je t'aime, Nina, doucement te serrer dans mes bras.

# Anne

Sanglé dans ses cordes, le cercueil est descendu, puis la pierre tombale s'est refermée sur le caveau.

Suis-je un monstre ?

Au déclic de la dalle, malgré mon immense chagrin, j'ai ressenti dans tout mon être un grand soulagement. J'ai fermé les yeux, apaisée.

Les larmes coulent le long de mes joues mais, je dois l'avouer, la mort de ma mère me libère. C'est le terme : me rend, plus exactement me donne ma liberté.

Je fais un pas. Devant moi, l'immense gerbe que j'ai commandée :

« Ta fille que tu as tant aimée et qui te chérit. »

C'est vrai, Maman, tu m'as aimée si tendrement. Comme si tu avais été ma mère. Et Papa, mort il y a trois ans, si affectueusement aussi. Comme un père.

Devant vos deux tombes, je me recueille et, alors que vous n'êtes plus là, j'éprouve le besoin de vous parler. J'ai, certes, toujours pu discuter librement avec vous, mais ai-je abordé ce qui me tenait vraiment à cœur, ce qui reste emprisonné au fond de moi depuis tant d'années ?

Derrière moi, signes de croix, chuchotements, bruissement de pas qui s'éloignent... Le cimetière se vide.

Moi je tiens à rester un dernier moment encore avec vous.

Vous, mes parents adoptifs, qui m'avez donné l'amour indispensable à un enfant. Vous qui m'avez éduquée, guidée, conduite aussi à ce métier scientifique que je souhaitais exercer et qui me passionne. Vous avez toujours été honnêtes avec moi. Je ne suis pas sûre de l'avoir été avec vous. De toute mon adolescence, de toute mon existence d'adulte, je n'ai pas osé parler avec vous de ce qui compte le plus pour moi. Par crainte de vous peiner ? Par peur que Maman, dans cette démarche, ne voie une trahison ?

Avec vous, je n'ai partagé que des moments heureux. Attentifs à mon bien-être, à mon développement, à mon bonheur, vous n'avez vécu que pour moi. Grâce à vous, j'ai eu une enfance délicieuse. Quand vous me réprimandiez, je ne ressentais aucune révolte : vous agissiez pour mon bien, je le savais.

J'éprouvais envers vous une reconnaissance sans limites. Je regrettais seulement de n'avoir ni frère ni sœur. Justement, vous m'aviez adoptée parce que vous ne pouviez pas avoir d'enfants.

– Madame, comme Anne vous ressemble !

Je me rappelle, quand j'étais petite, les exclamations des voisins, des amis ignorant mon adoption.

– Non, Madame, non, Monsieur... Impossible, elle n'est pas ma maman...

Enfant, je n'ai jamais prononcé cette phrase. Je ne l'ai jamais pensée.

J'ai toujours su pourtant que j'étais une enfant adoptée à la naissance. Vous ne me l'avez jamais caché.

– Nous ne sommes pas tes parents, Anne...

Très tôt, dès que j'ai eu l'âge de comprendre, vous me l'avez appris. Doucement, naturellement, et je n'ai pas demandé d'explications. Dans ma tête de petite fille, j'étais adoptée parce que mes parents étaient morts. Une évidence. À la place, je vous avais. Je vous aimais.

Un jour pourtant, je me souviens, j'avais dix ans, à table, j'ai posé cette question :

– Ma vraie maman, elle est morte de quoi ?

Question soudaine, brutale.

Interloquée, Maman, tu es restée sans voix. Tes yeux ont lancé un appel au secours en direction de Papa. J'ai soupçonné alors votre panique. Et une peur – incontrôlable, incommensurable – a envahi mon esprit d'enfant.

– Elle n'est pas morte ? ai-je fini par demander.

Pour réponse, votre silence.

J'ai continué, j'ai essayé de continuer :

– Si elle n'est pas morte, alors, elle... elle...

Les mots ne sortaient pas.

Puis, douloureusement, j'ai crié :

– Elle m'a abandonnée !

L'intuition des enfants.

Papa m'a vite blottie contre lui, serrée dans ses bras.

– Non, Anne, ta vraie maman, comme tu dis, ne t'a pas abandonnée.

– Pourquoi, pourquoi je suis avec vous ?

Quelque chose m'échappait. J'étais dans tous mes états.

– Écoute-nous, Anne. Tu es une enfant née sous X.

Je me suis arrêtée net de me débattre dans les bras de mon père.

– Néssouix ? Qu'est-ce que c'est ?

Je réfléchissais à mille à l'heure. Une maladie? Une nationalité? Une race? Maman ne disait toujours rien. C'est toi, Papa, qui as expliqué:

– Anne, nous ne savons pas, personne ne sait qui est ta vraie maman. Elle ne t'a pas abandonnée, au contraire: elle t'a mise au monde sous X pour te permettre d'être adoptée. Nous avons même gardé le premier prénom qui t'a été donné par l'Aide à l'enfance. Tu t'appelais Anne-Flora-MURIEL. Si nous avions eu une fille, nous l'aurions appelée Anne. C'était notre prénom préféré à tous deux. Nous y avons vu un signe.

– X ou pas X, j'ai été abandonnée!

J'ai couru à ma chambre, j'ai claqué la porte. Clic! clac! Fermée à double tour. Sur ma révolte. Ma fureur. Je me suis jetée sur mon lit, abattue. J'ai pleuré toutes les larmes de mon corps sans prêter attention à mes parents désespérés, derrière la porte. Jamais de ma vie je n'ai éprouvé une souffrance aussi grande. Deux heures plus tard, pourtant, je suis ressortie de ma chambre, incroyablement apaisée. Il était vingt et une heures. Vous étiez tous les deux sur le canapé, incapables de fixer votre attention sur la télé. Vous m'attendiez. Je me suis plantée devant vous et j'ai dit:

– C'est vous, mes parents.

Virevolte, bon sens de l'enfance. Instinct de survie. Je vous ai sentis tellement soulagés, Maman surtout... Je ne vous en ai plus jamais reparlé.

Je n'ai pas été honnête avec vous. Parce que l'image de cette femme – dont je n'ai aucune photo justement, dont je ne sais absolument rien –, à partir de ce jour-là, ne m'a plus quittée, même si je n'en ai pas eu vraiment conscience. À l'adolescence, elle a commencé à me hanter, à m'habiter et je me suis mise à haïr celle qui avait accouché de moi, puis qui était partie sans prendre même la peine de me choisir un prénom. Elle m'avait appelée « X ». Réduisant mon existence au vide, au néant.

Quand j'ai eu dix-sept ans, ma mère, cette inconnue, est devenue une obsession.

– Tu viens, Anne ?

Pierre m'entraîne hors du cimetière. Léa attend, assise à l'arrière de la voiture. Le visage triste. Sous ses airs d'adolescente sûre d'elle, ma fille est une sentimentale. Je m'assieds, côté passager. Pierre démarre. Le paysage défile. Perdue dans mes réflexions, je ne le vois pas. Je sens seulement dans le petit miroir du pare-soleil le regard de Léa sur moi. Léa, ma fille, que j'aime.

Aime-t-on justement ?

Peut-on toujours aimer comme on le voudrait ?

– Ça va, M'an ? s'inquiète Léa.

– Mais oui...

Je bougonne mais la prévenance de ma fille me fait du bien.

Pierre, mon mari, et Léa, ma fille, les deux personnes les plus proches dans ma vie, savent, bien sûr, que j'ai été adoptée mais je ne leur ai jamais dit que j'étais née sous X. Jamais *pu* le leur dire. Jamais éprouvé l'envie, le besoin. À quoi bon le leur apprendre ? Je leur ai laissé entendre que mes « vrais parents » étaient morts.

Je n'ai jamais rien dit à personne. Mes parents adoptifs non plus. Dans leur tombe, aujourd'hui, ils ont emporté le secret de ma naissance.

Pourquoi ma mère m'a-t-elle rayée de sa vie ? N'a-t-elle pas voulu m'aimer ?

Cette question, à quarante-trois ans, m'obsède.

Qui est ma vraie mère ? Qui est mon vrai père ?

Ne pas savoir d'où l'on vient ? Je ferme les yeux.

J'ai toujours refusé de pleurer sur moi-même.

–Je te prépare un plateau-télé, M'an ?

Je souris à Léa.

Ma Léa.

Pendant longtemps, je n'ai pas voulu d'enfant. L'idée d'une grossesse m'était insupportable. Peur de ne pas savoir aimer ? D'avoir la responsabilité d'un petit être dépendant de moi ? Tellement de peurs au fond de moi.

Et puis, un jour...

« Pourvu que ce ne soit pas une fille », ne cessais-je de penser. Mon cœur battait. Pierre ne s'en est jamais douté.

– Une fille, a annoncé le médecin en examinant l'échographie.

J'ai pâli.

– Vous... êtes sûr, docteur ?

– Absolument.

Avoir une fille me terrorisait. Mais soudain, là, dans ce cabinet médical, j'ai décidé de l'aimer. L'aimer. L'aimer.

À l'accouchement, une sage-femme a posé le petit corps de Léa sur le mien. Et mon cœur s'est mis à battre. Mais plus d'anxiété, cette fois.

Léa dépose un plateau-repas devant moi, me glisse un bisou.

–Je comprends que tu ne sois pas dans ton assiette, M'an, mais tu as l'air bizarre.

Je ne réponds pas.

–Ça ne fait rien si je te laisse seule? Je peux prendre le téléphone dans ma chambre pour appeler Anthony?

Je lui rends son bisou.

–Mais oui, ma Léa.

Je replonge dans mes réflexions.

À présent, c'est Pierre qui tourne autour de moi.

–Je peux t'abandonner?

Il se reprend.

–Je peux te laisser? Je dois aller voir... Je serai de retour dans une heure...

Lui aussi m'embrasse dans le cou.

La télé diffuse une ânerie. Je coupe le son. Dérisoires à présent, ces êtres sur le petit écran, qui gesticulent, s'énervent ou s'aiment.

Je me retrouve avec mes pensées. Avec ma mère. La «vraie». Celle qui m'a mise au monde, celle qui a refusé de m'aimer.

Besoin de l'évoquer pour évacuer le trop-plein de rancune, pour remplir le vide de l'absence. SON ABSENCE.

VOTRE ABSENCE. Vous, ma mère, à qui je n'ai jamais osé m'adresser directement, même dans ma tête, tant que Maman était vivante. Par respect, par amour pour elle.

Je suis ressortie de ma chambre, et j'ai dit : « C'est vous, mes parents. »

Cet épisode de ma vie, quand j'ai appris à dix ans les conditions de ma naissance, je l'ai classé dans un tiroir de mon esprit. Et j'ai décidé de me sentir bien avec mes parents adoptifs. J'étais heureuse avec eux, eux qui m'aimaient. Mais votre image, plutôt votre absence d'image, votre non-existence ont resurgi dans mon esprit à l'adolescence. L'âge où on se cherche. Où on est mal dans sa peau. Où on n'accepte pas les compromis, les concessions. J'ai eu une adolescence particulièrement difficile. Je me cherchais et je ne savais même pas d'où je venais. Oui, vous avez alors commencé à squatter mes pensées, à m'habiter. Me hanter.

Je vous vouvoie : vous êtes une inconnue pour moi. À jamais.

Dix-sept ans : l'âge où on doute de soi et où on ne doute de rien.

En cachette de mes parents, j'ai cherché à savoir qui vous étiez. Répondre à la question que je ne cessais de me poser : POURQUOI ? Je me suis renseignée auprès d'associations. J'ai appris une chose effroyable : un bébé né sous X n'a aucune identité. Il a un numéro seulement. Et trois prénoms attribués non par la mère, mais par des étrangers, les personnels de l'Aide sociale à l'enfance. Je me suis rappelé les trois prénoms : Anne-Flora-Muriel.

– Et si quelqu'un né sous X veut connaître sa mère, ses parents ?

Je me souviens de la voix au téléphone :

– Je dois tout d'abord vous prévenir que cette démarche est toujours difficile, longue, parfois douloureuse. Il faut vous rendre à l'établissement où vous avez été mise au monde avec votre date de naissance et les trois prénoms qui vous ont été donnés. Si, lors de l'accouchement, votre mère a émis le souhait que son identité ne reste pas secrète, elle pourra vous être communiquée.

– Et si elle n'a pas...

– Si elle ne l'a pas souhaité, aucune coordonnée ne vous sera donnée même s'il y en a dans votre dossier. C'est injuste, inhumain même... Une révision de la loi est en train d'être élaborée pour permettre à l'avenir aux enfants nés sous X de connaître, même si la mère ne le souhaite pas, leurs origines. Mais, je vous le répète, une recherche est toujours douloureuse. Il est très rare que quelqu'un retrouve ses origines sans souffrance. Cela provoque beaucoup plus de cruelles déceptions que de réconfort.

On est idéaliste quand on a dix-sept ans. Malgré les mises en garde données par les associations, pas une seule seconde je n'ai douté. J'étais sauvée. Forcément, vous, ma mère, qui pour «X ou X» raisons m'aviez abandonnée, vous m'aviez, bien sûr, laissé votre identité, laissé la possibilité de vous retrouver.

Je connaissais le lieu de ma naissance, les trois prénoms attribués par la clinique: «Anne-Flora-Muriel». Je voulais juste savoir d'où je venais. Qui j'étais. Juste connaître mon histoire. Je ne voyais pas plus loin.

Et je suis allée à la clinique *Les Bleuets*, dans le quinzième arrondissement... Quand j'y repense, il y avait dans ma démarche autant d'inconscience que de courage.

Bureaux administratifs, couloirs interminables... Je n'oublierai jamais.

Dans l'ascenseur, c'était très dur, étouffant. J'ai croisé une femme qui repartait. Elle devait avoir dans les cinquante ans. Elle sanglotait comme une fillette. Je me souviens aussi d'un homme de trente ans, livide, qui avançait comme un automate. J'étais impressionnée.

On m'a renvoyée d'un service à un autre. Des gens aimables mais si indifférents.

Enfin, j'ai trouvé la personne compétente pour me renseigner.

J'ai décliné mon « identité » :

– Anne-Flora-Muriel. Née le 3 juillet 1957.

Je ne me sentais pas à l'aise dans ces locaux mais j'étais confiante : j'allais repartir avec un nom, un prénom, les vôtres. Et votre adresse peut-être.

J'ai attendu. Puis, en face de moi, la voix a laissé tomber :

– Votre mère a émis le souhait que son identité soit préservée.

– Pardon ?

La femme, brune, aux yeux très clairs, je me souviens, a dû répéter. Patiente. Habituée à ce genre de réaction.

Je vous détestais depuis l'âge de dix ans. Au fond de moi, un petit espoir pourtant..., un immense espoir : je croyais en vous. Je voulais croire de toutes mes forces à votre amour. Il était impossible que vous ne m'aimiez pas. Il y avait forcément, et j'allais la connaître, une explication.

–Je suis sincèrement désolée : selon son désir, l'identité de votre mère doit rester secrète.

Je n'arrivais pas à l'admettre. Malgré la voix la plus douce possible de l'employée, je me suis sentie soudain comme morte.

Je me suis levée, machinalement. Et je suis partie, assommée, telle une condamnée – innocente – qui vient d'entendre le verdict : « prison à perpétuité » ou « peine capitale ».

J'étais en prison et je ne pouvais subir une peine plus grande.

Un mot résonnait dans ma tête, inscrit en grosses lettres majuscules : INJUSTICE.

« N'a pas le droit de vivre. » Voilà ce qui était inscrit dans mon dossier. Tel était le message laissé par celle qui m'avait mise au monde. Elle m'avait gommée de sa vie, elle s'était débarrassée de moi comme d'une « chose » encombrante.

Rien. Je n'étais RIEN.

De retour à la maison, j'ai essayé de donner le change. C'était l'époque du bac. Mes parents ont mis mon air triste, mon mal-être sur le compte de l'anxiété pour l'examen. « Ta mère t'a mise au monde sous X pour te permettre d'être adoptée. » Je me souvenais de la phrase de mon père, quand j'avais dix ans. Comme si vous aviez été généreuse, comme si vous aviez agi ainsi par amour ! Plus j'y réfléchissais maintenant et moins j'y croyais. Pourquoi n'avez-vous pas permis que je connaisse votre nom ? Un nom, ce n'est rien et c'est tout. L'adolescence, c'est l'âge des extrêmes aussi, du Tout ou du Rien. J'étais rien pour vous et vous deveniez tout pour moi.

Prétextant les révisions, je me suis enfermée dans ma chambre des journées entières. Je déprimais. J'ai même eu envie de me suicider. J'avais deux amies au lycée, je n'ai jamais pu leur en parler. J'aurais voulu me décharger, j'aurais souhaité avoir du réconfort... Je restais muette. Par honte ? Par crainte que quelqu'un – autre que moi – ne vous juge. J'avais seule le droit de vous juger.

J'ai essayé de me rapprocher davantage de ma mère. En fait, vous, l'inconnue, vous m'empêchiez à présent d'aimer ma mère. Parfois, je me surprenais à lui en vouloir, à elle, alors que je n'avais aucune raison. Avec du recul, je me dis qu'elle m'aurait peut-être comprise, peut-être aidée. Mon père aussi. Mais je ne voulais pas me confier. Surtout pas à eux.

Je n'ai pas été reçue au bac. Même en sciences physiques, ma matière forte, j'ai eu 6.

J'ai redoublé la terminale. À la rentrée scolaire, j'ai pris une décision : celle de vous rayer de mon esprit, définitivement, comme vous l'aviez fait avec moi.

Dans ma chambre, un après-midi, sur une immense feuille de papier quadrillé, j'ai écrit « Maman », puis je l'ai rayé, à nouveau écrit, à nouveau rayé... Toute la page.

Puis sur une autre, comme à l'école, j'ai fait des lignes de X X X X X X X X X X X X X X X X X... en majuscules, x x x x x x x x x x x x x x x x x x x x x x x... en minuscules.

À dix-sept ans... comme si j'en avais six.

Vous m'empêchiez de grandir.

Vous me faisiez prématurément vieillir.

Sans avoir été enfant.

Je vous détestais à nouveau. Vous rayer de ma vie ?

Malgré ma peine, mon ressentiment, mon amertume, malgré ma haine, je n'y suis jamais parvenue.

L'ironie de la vie : en tant que scientifique, j'ai beaucoup étudié le chromosome X.

«X», cette lettre, comme une croix de travers – ma croix dans ma vie de «traviole»? –, me met dans un état effrayant. Je me souviens, Léa petite, devant un exercice de maths:

– Pourquoi, Maman, X, l'inconnue?

Petite phrase, terrible pour moi. Je me suis sentie mal. Je n'ai pas pu répondre, une boule dans la gorge.

Et dans les magasins, quand je cherche un tee-shirt, un quelconque vêtement pour Pierre.

– Quelle taille, Madame? L? XL? XXL?

J'avale ma salive. XXL: grande, très grande solitude.

Pour définir ma vie, j'ai une infinité de X devant le L.

Un très grand vide.

Vous me manquez. Affreusement. Je meurs de ne pas savoir qui vous êtes. Maintenant que je suis adulte, moi-même mère, je me surprends parfois, à quarante-trois ans, à me laisser aller... à vous aimer. Oui, j'aimerais, à présent, vous aimer.

Vous restez une image, non, pas une image..., une pensée. Sans visage.

Aux yeux de la société, je suis une scientifique reconnue, estimée... dont les articles paraissent dans des revues médicales internationales. Aux yeux de mon entourage, une femme heureuse, épanouie.

Apparence.

Je suis, à jamais, une enfant abandonnée. Perdue. Paniquée de ne pas savoir.

« Votre mère a émis le souhait que son identité soit préservée. »

# Matilde

Ma main glissant sur le papier pour t'écrire, Nina, me fait du bien. Est-ce mes soixante ans, ton-mon anniversaire qui vient de passer, je pense, davantage encore, à toi. Et, une nouvelle fois, je fais défiler le passé dans ma tête. Comme un film, définitivement tourné, dont on ne peut rejouer les scènes.

« – Vous ne voulez pas la prendre contre vous, un instant ? »

Je ne me trouve pas d'excuse, Nina, mais j'avais dix-sept ans. J'étais déboussolée, dépassée totalement par ce qui me tombait dessus. Me foudroyait. Je ne maîtrisais rien. Dix-sept ans : on n'est plus enfant, pas vraiment adulte. Peut-être pas vraiment responsable.

J'ai vécu des jours atroces. L'angoisse quand je n'ai pas eu, plus eu mes règles. Je n'avais personne à qui me confier. Trois mois ont passé. Je maigrissais et je grossissais. Je pâlissais. Je dépérissais. Impossible, impensable d'annoncer à mes parents que j'étais enceinte. « Ils me tueront si je leur dis ! » Mes parents si rigides, avec leur haut sens de l'honnêteté, de l'honneur..., avec leur froideur, leurs valeurs, leur incommunicabilité. Les parents d'aujourd'hui mettent des préservatifs dans les poches de leurs enfants, invitent les petites amies ou petits copains, les laissent dormir dans la même chambre. Je n'ai jamais entendu mes parents prononcer le mot « sexualité ». Mot tabou. Comme l'expression – terrible – de « fille-mère ». En 1957, pas de pilule contraceptive à la disposition des femmes, encore moins des adolescentes, pas de préservatifs en distribution libre dans les lycées, pas de Planning familial, pas de loi sur l'IVG. Une fille enceinte ! Avec des parents aussi conformistes que les miens... « Ils me tueront... ! ».

Je n'ai rien dit. Mais un jour, au lycée, je me suis écroulée, évanouie. Pompiers. Hôpital. Examens. C'est un médecin qui a annoncé la « nouvelle » à mes parents. « Votre fille est enceinte de plus de trois mois. » Il était trop tard pour envisager un avortement à l'étranger. Trop tard, trop dangereux pour un avortement tout court. D'ailleurs, je ne crois pas que mes parents... Mon père a piqué une colère. Fou furieux, il a exigé que je lui dise qui était le père. J'aurais pu le taire, j'aurais pu surtout avoir ma personnalité, les combattre pour te garder, t'élever. Je ne veux pas te mentir. Cette éventualité ne m'a jamais effleurée. Tout allait trop vite. Mes parents, la colère passée, redoutaient le « qu'en-dira-t-on », me prédisaient une « vie gâchée ». Je le pensais aussi. Ils ont souhaité, de toute leur force, une fausse couche, un accident providentiel qui t'aurait fait disparaître sans qu'on intervienne. Je l'ai souhaité, plus qu'eux encore. Jamais, de ma vie, je ne me suis sentie aussi seule, aussi désespérée, parce que en plus... Mais je te raconterai ton père une autre fois. Quarante-trois ans après, y penser me fait encore mal.

J'ai laissé ma mère prendre les choses en main.

– Cet enfant, on ne peut pas faire autrement, tu vas le mettre au monde, Matilde, mais après on n'en parlera plus. Personne ne saura. Jamais.

La solution : que j'accouche sous X. Ma mère a tout décidé, tout organisé. Ils m'ont envoyée chez une tante, à Paris. Mais ils ne m'ont pas accompagnée. Une adolescente qui accouche seule d'un enfant non voulu, non désiré... Il n'y a pas plus terrible, je crois. Au lycée, durant mes quarante ans d'enseignement, il ne s'est pas passé une seule année sans qu'une élève ne se trouve involontairement enceinte. Je ne supportais pas. J'étais remuée au plus profond de moi. Je savais que ces filles avaient besoin d'aide, psychologique surtout. J'aurais voulu parler avec elles, je n'ai jamais pu. Une certaine pudeur, une certaine gêne m'en ont toujours empêchée. Même celles qui avaient souhaité leur grossesse me dérangeaient. Dix-sept ans, avoir la vie devant soi et attendre un enfant me paraissait une aberration. Une atteinte à la liberté. Avec l'âge, le recul, je suis devenue moins catégorique.

J'ai donc accouché de toi, le 3 juillet 1957. Seule. Et je suis revenue chez mes parents, seule. Et plus jamais, nous n'en avons reparlé. Ils avaient raconté à tout le monde que, faisant une dépression, j'étais partie me changer les idées dans la famille. Pour oublier, je me suis lancée à fond dans les révisions et, à la session de septembre, j'ai été reçue au bac avec la mention « Bien ».

Je n'ai jamais revu ton père et, plus d'une fois, j'ai eu envie de me supprimer.

Longtemps après, j'ai compris que mes parents avaient fait un scandale chez ses parents à lui, et qu'à la suite de cela ils avaient déménagé.

Je voudrais que tu saches, Nina : si j'avais dû élever cet enfant, toi, je ne l'aurais pas aimé, je crois. Je lui en aurais voulu de m'empêcher de vivre ma jeunesse.

Téléphone. Je sursaute.

Alain.

– C'est pour prendre de tes nouvelles, Maman, ça va ?

– Mais oui.

– Que faisais-tu ?

– J'écrivais... J'écrivais à... quelqu'un que tu ne connais pas. Son nom ne te dirait rien.

– Tu pars quand pour l'Île-aux-Moines ?

– Dans quinze jours. Je reste encore un peu pour ranger...

Petit déclic du combiné raccroché.

Sous mes yeux, dans la valise, l'enveloppe jaunie, refermée à jamais. Je n'ai plus jamais revu ton père.

Je reprends le stylo.

Si j'avais dû élever cet enfant, je ne l'aurais pas aimé. Ou alors pas comme il aurait fallu.

« Voulez-vous la prendre contre vous ? »

« Souhaitez-vous que votre identité puisse être communiquée ? »

J'ai dit non, fermement. Mes parents m'avaient tellement conditionnée.

Je suis repartie. Vers ma vie.

J'avais besoin de clore au plus vite cette page noire de mon existence. D'effacer cette histoire.

Je me suis lancée dans mes études de lettres. Je te l'ai dit, c'est à la naissance de mon premier fils, Alain, que tu as resurgi dans mon esprit. Que tu as explosé. Une bombe. Depuis, cette journée du 3 juillet 1957 n'a cessé de me poursuivre.

Je me disais : « Quelque part dans le monde, une fille, une femme vit et c'est *ma* fille. Ma fille qui ne sait pas que je suis sa mère. Qui ne sait pas qui est sa mère. Qui est son père. »

À chacun de mes anniversaires, je pensais au tien.

Je n'ai jamais rien dit à Bruno. Un jour, l'envie, le besoin se sont imposés à moi : je devais te retrouver. Je ne savais rien de toi. Je ne t'avais même pas choisi un prénom et je ne connaissais pas celui qui t'avait été attribué. Je suis allée à la clinique où je t'avais mise au monde. Et là, dans un bureau, il m'a été dit ton numéro ! et « elle a été adoptée ».

J'ai eu mal pour toi. Il s'agissait d'une adoption plénière. Je ne pouvais rien savoir de toi. Seulement les trois prénoms attribués par l'Aide sociale à l'enfance. Des gens, des étrangers avaient décidé à ma place et t'avaient appelée « Anne-Flora-Muriel ». Mais adoptée, tu avais certainement un autre prénom, un nom.

– Mais... que puis-je faire pour la retrouver ? Il y a bien un moyen...

L'employée était compatissante mais elle ne pouvait rien pour moi.

– La seule chose possible, c'est, aujourd'hui, de dire que vous acceptez que votre identité soit communiquée. Si votre fille, de son côté, cherche à vous retrouver, nous lui remettrons vos coordonnées.

– Et... cela arrive ?

– Que des personnes nées sous X entreprennent des recherches ? Oui, mais c'est toujours éprouvant.

Vingt ans après ta naissance, j'ai levé le secret. J'ai accepté que soient donnés, dans ton dossier, mes nom, prénom, coordonnées. Au cas où tu...

Je suis repartie en pleurant.

Chaque jour, depuis, je me dis : « Peut-être aujourd'hui. »

Et parfois : « Je suis bien punie. C'est bien fait pour moi. »

J'essayais de me mettre à ta place. À ta place, j'aurais aimé...

Et puis, je me répondais : « Pour elle, qui suis-je ? Quelqu'un qui l'a abandonnée. Elle a une famille maintenant, des parents qui l'ont souhaitée. Pourquoi chercherait-elle à savoir qui sont ses vrais parents ? » Les années passant, je me suis résignée. Tu m'en voulais et ça me paraissait normal. Ou alors tes parents ne t'avaient pas dit que tu étais née sous X. Pourtant, chaque fois que Bruno me tendait le téléphone en annonçant : « Quelqu'un pour toi... » mon cœur battait d'espoir.

J'attendais ton signe.

J'ai soixante ans. Voilà quarante-trois ans que je t'ai mise au monde... Il me semble que si tu avais souhaité me rencontrer...

Jusqu'à mon dernier souffle, j'attendrai.

Je t'attendrai.

# Léa

Anthony me caresse la joue.

– Ça va, Léa ?

Je me dégage de son étreinte. Je n'ai pas envie de l'embrasser. Pas maintenant. Pas là, dans ce jardin public. *Les amoureux des bancs publics...* pas pour moi aujourd'hui. Il me prend la main.

– Qu'y a-t-il, Léa ?

– Rien, je t'assure.

Il me sourit.

– Quand quelque chose te préoccupe, c'est écrit en gros sur ton front.

Je lui rends son sourire :

– C'est Maman. Elle est bizarre, ces derniers temps.

– Quand on vient de perdre sa mère, tu sais...

– Bien sûr, mais comment t'expliquer, je ne la sens pas. Ou plutôt, je la sens mal. Le matin, elle part pour son labo anormalement soucieuse.

– Son travail ?

– Il y a autre chose.

– Je te le répète, Léa, le deuil d'une mère...

Anthony est planté devant moi, dans sa certitude. Je laisse tomber :

– De toute façon, Grany n'était pas sa mère.

– Comment ça, pas sa mère ?

– Sa mère, oui, mais adoptive.

Il est estomaqué.

– Ben, Léa, tu ne me l'as jamais dit.

– Pourquoi te l'aurais-je dit, c'est l'histoire de ma mère.

– Mais Grany n'était pas ta vraie grand-mère non plus alors ?

– Ben non, si... enfin je l'ai toujours considérée comme ma grand-mère.

– Et ton grand-père dont tu m'as parlé, mort il y a trois ans, c'était... ?

– Le père adoptif de ma mère.

– Tu aurais pu me le dire, quand même, Léa !

Je m'énerve.

– Te le dire, à toi ? Mais pourquoi ? Ça ne te regarde pas.

Là, je viens de le blesser, je le sens. Je me rapproche de lui. Je redis, plus doucement :

– Mais pourquoi... De toute façon, ça ne change rien. Grany était ma grand-mère, adoptive ou non, quelle importance ? Je l'aimais bien et pourtant on ne se ressemblait absolument pas.

Il a un soupir.

– Ça me fait drôle. Ta mère, je l'apprécie et...

– Je sais.

Depuis un an qu'il est mon petit copain, Anthony, dès le début, a accroché avec ma mère.

– Anne n'est pas ma future « belle-mère » mais ma future « mère belle », s'amuse-t-il à dire en insistant sur le mot « belle ».

– De toute façon, Anthony, je lui réponds toujours, je ne veux pas me marier, ni avec toi, ni avec personne. »

Maman est adorable avec lui, ouverte, moderne. Naturellement. À Pâques, quand j'ai annoncé que je partais – que je souhaitais partir – camper durant une semaine avec lui à Menton, c'est elle qui a intercédé pour moi auprès de mon père, pas très chaud pour ce projet. Très tôt, elle a parlé avec moi de contraception, pilules, préservatifs... Je la sens à mon écoute. Elle essaye toujours de comprendre mes attentes, mes réactions. Je l'ai souvent vue inquiète pour moi, surtout quand, gamine, j'étais malade. Son regard noisette parfois me déroute. Au milieu d'une conversation, même en public, ses yeux, le temps d'un éclair, s'assombrissent et ça me bouleverse. Je l'adore, ma petite mère. J'ai beaucoup de chance. Depuis que je suis toute petite, elle a établi des règles : elle est ferme, autoritaire mais, dans le même temps, complice, abordable. Abordable, je la définirais ainsi. Je peux tout lui dire. Ou presque. Ça me fait rire parce que je la dépasse d'au moins vingt centimètres et, parfois, j'ai l'impression d'être l'adulte, elle, l'adolescente. Ma petite mère, je la sens tellement fragile. J'ai envie de la protéger, de la préserver. Je ne veux pas que quelqu'un lui fasse du mal.

– Pourquoi a-t-elle été adoptée ?

Je regarde Anthony, ébahie. Quelle question !

– Parce qu'elle n'avait plus ses parents, tiens !

Une évidence.

Il hausse les épaules.

– T'as plein d'enfants adoptés qui ont toujours leurs parents. Regarde les enfants de Pologne, de Roumanie, de Tahiti...

– Ma mère n'a pas l'air tahitienne, que je sache !

– Tu fais semblant de ne pas comprendre ou quoi ! Ils sont morts, ses parents ?

– Mais oui, à sa naissance. C'est pour ça que Grany et Papy l'ont adoptée. On y va, Anthony ?

– Déjà ? Tu veux rentrer ?

– Oui, il fait trop chaud, ici.

Midi, le soleil tape fort.

– On ne déjeune pas ensemble aujourd'hui ?

Je l'embrasse au coin de la bouche, tout doucement.

– On se voit en fin d'après-midi ?

J'acquiesce.

Petit signe de la main. Il est parti.

« Ils sont morts, ses parents ? »

La petite phrase d'Anthony me travaille. J'ai toujours su que les vrais parents de Maman étaient décédés. J'ai grandi avec cette idée. Non, plus exactement, j'ai grandi avec l'idée de Grany et Papy comme grands-parents. Sans me poser de questions puisqu'ils aimaient leur « Anne adorée ». Qu'ils m'aimaient et *vice versa*.

« Ils sont morts, ses parents ? »

Curieux comme certains souvenirs marquent l'enfance. Je me rappelle très bien quand Maman m'avait parlé de ses parents. Une fois. Une seule fois.

J'avais six ans. Il pleuvait dehors et, enfermée, j'imaginais un jeu : « Marque de fabrication dans les familles.» Je recherchais les ressemblances. «Je ressemble à Papa: j'ai son regard vert et les cheveux plantés de la même façon sur le front. De Maman, j'ai les petites fossettes...» Puis j'avais continué le jeu, remonté les générations. «Toi, Maman, de Grany, tu as...» J'avais cherché une quelconque ressemblance, en vain. Maman n'a jamais ressemblé à Grany. «Peut-être la bouche...? Non. Alors, peut-être...» Non, décidément, Maman ne ressemblait pas à Grany. Ni à Papy. Je m'étais écriée: «Aucune ressemblance!» Maman m'avait regardée, bouleversée soudain, les larmes aux yeux. Je m'en souviens très bien. Un adulte à deux doigts de pleurer, ça impressionne un enfant. Mais les yeux de ma mère sont souvent embués quand elle me regarde. C'est l'émotion, je le sais. Parce qu'elle m'aime. Parfois, des idées tristes lui traversent l'esprit, je le devine. Du style: «Et s'il arrivait un accident à Léa, si je la perdais...?» Je devine ses pensées parce que je les ai aussi. Mais cela ne m'empêche pas, quand je ne suis pas d'accord avec elle, de claquer la porte de ma chambre. Et puis je reviens vite car je n'aime pas me disputer avec elle. «Si entre-temps, il lui arrivait quelque chose et que nous n'ayons pas eu l'occasion de nous réconcilier?»

Je me souviens ce jour-là, quand j'avais six ans, de son regard triste. « Aucune ressemblance ! » m'étais-je exclamée. Elle m'avait prise sur ses genoux, elle m'avait parlé doucement, si doucement.

– Tu sais, Léa je vais te dire quelque chose, tu es ma petite fille que j'adore et je ne veux pas te cacher quoi que ce soit.

Moi, j'étais tout ouïe. Elle a continué :

– Grany et Papy m'ont adoptée.

– Adoptée, Maman, cela veut dire quoi... ? Qu'ils ne sont pas tes vrais parents ?

– Oui, ils ne sont pas mes vrais parents mais ils m'aiment.

– Et tes vrais parents... ils... sont morts ?

Je me souviens, Maman, ce jour-là, tu m'as serrée dans tes bras. Très fort. Et tu as pleuré.

Je t'ai consolée. Comme j'ai pu. Avec mes mots d'enfant. Mon monde d'enfant.

– Je suis là, moi, Maman, et puis, être adoptée, en fait, c'est une belle histoire.

Tu m'as souri à travers tes larmes.

– Oui, ma chérie, c'est une belle histoire.

Je t'ai fait plein de bisous puis, soudain inquiète, je me suis écriée :

– Toi, Maman, tu es ma vraie maman, au moins ?

En fait, c'est depuis ce jour, peut-être, Maman, que nous sommes devenues complices, que j'ai voulu prendre soin de toi.

Un jour, j'étais en vacances chez Grany et Papy dans le Midi. Alors que j'arrosais le mimosa – «les petites boules de soleil», comme je disais – dans le jardin avec Grany, j'ai laissé tomber :

– De quoi elle est morte, la vraie maman de Maman, Grany ?

Grany a lâché le tuyau d'arrosage. L'eau a aspergé tout son pantalon.

– Oh ! là, là ! regarde ce que tu me fais faire, Léa !

Papy est arrivé. Il a fermé le robinet, m'a grondée. Je me souviens très bien. C'était injuste et surtout Grany n'avait pas répondu à ma question. Je n'ai pas insisté parce que, dans ma petite tête d'enfant, j'avais compris, je crois, que je n'aurais pas de réponse. Oui, je me souviens très bien. Le soleil éclaboussait les boules de mimosa et de la terre humide montait comme une odeur de chicorée.

Je voudrais lire, je n'y arrive pas, perdue dans mes souvenirs d'enfance. Daniéla, ma copine de lycée, vient de me téléphoner :

– Tu viens avec moi au cinéma, Léa ?

– Non, Daniéla, merci.

Tant pis si Paris, en ce mois de juillet, est un véritable four et que j'étouffe dans l'appartement, je n'ai aucune envie de sortir tant que je n'ai pas les résultats du bac.

« Ils sont morts, ses parents ? » Question spontanée d'Anthony.

Le doute s'immisce en moi. Et si les vrais parents de Maman n'étaient pas morts ? Curieux que je n'y aie jamais pensé. Mais Maman, finalement, ne m'a-t-elle pas laissée grandir avec l'idée qu'ils étaient décédés ? Elle ne m'a jamais dit : « Ils sont morts. »

S'ils étaient vivants ?

Mes grands-parents.

Dix-huit heures.

– Allô ! Anthony, pour ce soir, je ne peux pas te voir.

Je le sens déçu.

– Demain, promis, je t'appellerai dès que je serai levée.

Ma petite Maman, j'ai envie, soudain, de te voir.

– Ma mère est là ?

Le directeur du labo, il me connaît depuis toujours, me désigne la salle. J'aperçois la tête blonde penchée, absorbée... Je m'approche en silence, pose ma main sur son épaule. Elle se retourne.

– Léa ? Tu m'as fait peur, ma chérie.

Elle me tend sa joue, m'embrasse.

– Mais que fais-tu là ? Il est arrivé quelque chose ?

– Non, j'avais juste envie de te voir. Je t'invite au resto, ce soir ?

– Quelle heure est-il donc ? Dix-neuf heures déjà ! Je n'ai pas vu passer la journée.

Ce n'est pas nouveau. Ma mère, passionnée par ses recherches, ne voit jamais les journées passer.

– M'inviter au resto, Léa ? Et ton père ?

– Eh bien, ce soir, il se passera de nous. Tu n'as qu'à l'appeler, lui laisser un message. Regarde, Maman, dehors, il fait beau... Après une journée enfermée avec tes microscopes...

Je l'enlace. J'aime bien l'enlacer.

– D'accord, M'an ?

– O.K., Léa, mais pas au MacDo !

– Mais non, tu choisiras.

Elle a opté pour un restaurant vietnamien. Sympa. Au menu pas cher, par délicatesse. Je suis fière d'être en sa compagnie. Le jour de mes huit ans, pour mon anniversaire, j'avais reçu un gros billet, de quoi m'acheter au moins deux ou trois beaux jouets.

– Que vas-tu en faire, Léa ?

– M'acheter un train et puis... et puis, avec le reste, inviter Maman au restaurant.

– Vous êtes trognons, toutes les deux, avait dit Papa en nous regardant partir. Et en riant de bon cœur.

Maman avait sa salopette bleue. Je n'avais eu de cesse d'avoir la même. À l'époque, j'étais tout de même plus petite qu'elle. Un petit bout de chou. Oh ! nous n'étions pas allées bien loin. Au bistrot, juste en face, « Chez Jojo ».

– Tu invites ta maman ? avait plaisanté Jojo.

Moi, très sérieusement :

– Oui, j'invite ma maman.

J'étais fière de toi, Maman. J'ai toujours été fière de toi. Heureuse que tu me considères comme une complice.

– Alors, les filles ? avait demandé Papa à notre retour.

Maintenant que j'y pense, pas une seule minute, je n'avais songé à l'inviter lui aussi. Et Dieu sait si je l'aime. Mais avec lui, mes relations ne sont pas les mêmes. Je ne le sens pas fragile.

– C'est sympa, ici, non ?

– Oh oui ! il y a tellement de touristes que l'on peut se croire à l'étranger.

Elle n'a pas tort.

– Petite, tu détestais la cuisine asiatique. Tu te rappelles, Léa ?

Je la laisse manger, tranquille. Je vais la bousculer, la brusquer, je le sens. J'attends le dessert, puis j'y vais franco :

– De quoi est morte ta vraie mère ?

Elle a pâli. Regarde autour d'elle. Que craint-elle ? Qu'on nous entende ?

– En... en m'accouchant.

– Tu n'as pas de photo d'elle ? Aucun souvenir ? Où est-elle enterrée ?

Mes questions en mitraillette. Son regard est une boussole... déboussolée. Il me supplie d'arrêter.

– Écoute, Léa...

Je n'écoute pas. Je ne m'arrête pas.

– Et ton père, ton vrai père, de quoi est-il décédé, lui ? Pas en t'accouchant quand même !

Pourquoi suis-je si dure soudain ? Je ne la ménage pas et j'en ai un peu honte. Il me semble pourtant que mon intrusion dans sa vie ne la gêne pas. Ce n'est pas cela qui la dérange. Car je la devine gênée. À présent, sous sa pâleur, une certaine rougeur. Je lui ai fait mal. Quelque part, j'ai touché en plein dans le mille.

– Bon, on y va, Léa ?

– Non, Maman.

Son regard à nouveau sur moi. Ce regard qui m'a toujours bouleversée. Et maintenant, je sais pourquoi : ma mère me cache, m'a toujours caché quelque chose.

« Non, Maman. » Je l'ai dit doucement mais fermement.

– Si tu me parlais, Maman. Petite, tu me parlais... Tu te souviens quand tu m'as appris que tu étais adoptée ?

Elle ferme les yeux en guise d'acquiescement.

– Il y a quelque chose que je ne sais pas ? Si tu ne me le dis pas, Maman, je te préviens, j'interrogerai Papa, carrément.

Sa voix est faible. Très faible.

– Il ne sait pas, Léa.

– Il ne sait pas *quoi*, Maman ?

Je me penche vers elle. Ma petite Maman. Je la voudrais tellement heureuse et je la sens si mal. Je lui fais si terriblement mal en ce moment. Mais je *veux* savoir. Je *dois* savoir.

Un silence pesant. Difficile. Elle ne m'en veut pas, je le sens bien. J'ai saisi sa main pour l'aider.

– Il ne sait pas que... je suis une enfant née sous X.

Je ne saisis pas bien.

– Née sous X ? Comme l'émission racoleuse, l'autre jour à la télévision ?

Je revois l'émission. Des gens de tous âges, de tous milieux sociaux, complètement déséquilibrés, déstabilisés, en souffrance, qui témoignaient. Un homme surtout m'avait étonnée. Il criait : « Un conseil à toutes les personnes nées sous X : ne recherchez pas votre mère ! Apprendre la vérité est trop dur, insoutenable ! » Les mères qui accouchent sous X, avait expliqué un psychologue, sont toujours très jeunes – moins de vingt-cinq ans –, assez souvent des droguées, des prostituées, mais aussi des filles de milieu bourgeois, de toute façon des filles en détresse...

Je me rappelle. Maman, brusquement, s'était levée et avait quitté le salon.

– Oui, Léa, comme l'autre jour a la télé.

Sa voix est triste. J'ai de la peine soudain et, d'un seul coup, cette émission ne me paraît plus racoleuse du tout.

Ma petite maman « née sous X » ? Donc abandonnée. Et je n'aime pas ce mot soudain.

– Tu ne sais pas qui sont tes parents ?

Elle secoue la tête :

– Ne me plains pas, Léa. J'ai eu Grany et Papy.

Sa voix tremble. Là, en face de moi, dans ce resto, elle est à deux doigts de pleurer.

– Je vais payer, Maman, on y va.

Nous sommes sorties. L'air tiède, le macadam, les bruits, la foule nous ont fait du bien. J'ai pris Maman par le bras et nous sommes rentrées à pied, sans un mot.

Dans ma chambre, allongée sur mon lit, je ne cesse d'y penser. Ne pas connaître ses parents, ne pas savoir qui ils sont... Moi, je ne le supporterais pas. À la place de Maman, j'aurais engagé un détective, comme dans l'émission à la télévision, j'aurais remué ciel et terre. Je revois le reportage, le témoignage de ces gens nés sous X, totalement désespérés, semblables à des orphelins et qui souffrent leur vie durant de manque d'amour. Chaque être humain doit connaître ses origines, même si son histoire est douloureuse. Je revois aussi ce jeune homme détruit d'avoir retrouvé sa mère. Sa mère si différente de ce qu'il avait imaginé, si peu aimante. Vaut-il mieux parfois rester dans l'ignorance ?

Non ! Maman *doit* savoir. Savoir au moins si ses parents sont vivants.

J'ai tout raconté à Anthony.

– Elle doit retrouver ses parents, a-t-il approuvé tout de suite.

Il est venu à la maison et nous avons cherché sur Internet les démarches administratives à effectuer..., les adresses d'associations qui viennent en aide à ceux qui veulent connaître leurs origines. J'ai tout imprimé.

Le soir, j'ai donné tout le dossier Internet à Maman.

Elle était souriante, soulagée, je crois, de m'avoir parlé. Même si notre discussion a remué en elle des choses douloureuses. « Remué » n'est pas le mot. Maman n'avait pas besoin de notre entretien pour penser à sa mère... Elle y a toujours pensé. Elle y pense, en fait, à chaque minute de sa vie, je crois.

–Tu n'en parles pas à ton père, Léa. Pas encore...

«Pourquoi, Maman ? ai-je eu envie de lui répondre. Papa comprendrait très bien.»

Mais je ne lui ai pas fait part de ma réflexion. Je lui ai juste donné le dossier en lui disant :

–Tu dois la retrouver.

Elle a soupiré :

–Tu es jeune, Léa...

Alors là, je me suis carrément énervée.

–Je suis jeune, d'accord, mais au moins je vais de l'avant ! Je veux que les choses aboutissent ! Qu'attends-tu pour la rechercher ? D'avoir soixante, soixante-dix ans justement ! Qu'elle soit morte si elle ne l'est pas déjà ! Pour finir ta vie à toi dans les regrets ! Pire, les remords !

J'ai soudain réalisé la peine sur le visage de ma petite mère. Ma petite mère que j'accablais, j'accusais presque, alors que... J'ai baissé le ton mais je n'ai pas changé de cap :

–Écoute, Maman, ou ça passe ou ça casse ! Tu verras bien. Finalement, que risques-tu ? Une terrible déception ? Pas plus terrible que l'incertitude, que l'ignorance. Comment peux-tu, comment as-tu pu rester dans le non-savoir aussi longtemps ? Même si tu avais Grany. Et puis, j'ai envie, moi, de savoir qui est *ma* grand-mère. Peu importe si elle était droguée, prostituée, violée... On s'en moque.

Et je m'étais arrêtée net, plus vraiment sûre de moi, soudain. Et si elle était alcoolique, grossière ?... J'ai repensé à la femme SDF dans le quartier, qui injurie tous les passants quand elle a trop bu...

Et si ma grand-mère était une malhonnête, une pourrie du cœur, une femme sans scrupules, prête à éclater de rire au nez de sa fille quand celle-ci lui ferait part de son souhait de la rencontrer !

Et si cette grand-mère ressemblait, tout simplement, à... ma prof d'anglais..., glaçante, détestable !

Et puis non, plutôt la vérité, même épouvantable, que le doute !

– Tu sais où tu es née, Grany te l'a dit, Maman ?

Elle a acquiescé.

– Alors, Maman, fonce. Moi, j'y crois. Tu vas la retrouver et ce sera peut-être moins éprouvant que tu ne crains.

Ma mère s'est levée. Elle est allée mettre un CD : celui des oiseaux dans la jungle. Les chants exotiques l'apaisent quand elle n'est pas bien. D'une voix que j'ai eu du mal à reconnaître, voix recouverte par les bruits de la jungle, elle a murmuré :

– J'ai déjà fait toutes les démarches pour la retrouver, Léa, quand j'avais ton âge.

Je n'en revenais pas. Elle a continué :

– La femme qui m'a mise au monde n'a pas voulu que son identité soit communiquée. Elle n'a pas voulu, tu entends ! IMPOSSIBLE de la retrouver. Même si je le voulais.

Elle s'est levée et m'a plantée là :

– Je vais faire un gâteau.

Elle s'est enfermée dans la cuisine.

Elle qui déteste cuisiner.

# Anne

Ma petite Léa, prête à tout pour moi. Avec toute la fougue, la naïveté, l'enthousiasme de ses dix-sept ans.

« Ça passe ou ça casse ! » Elle est tellement impulsive. Comment lui expliquer ? C'est déjà cassé, Léa, et ça ne passera jamais. La femme qui m'a mise au monde n'a pas voulu que son identité soit communiquée. Aucune chance de la retrouver. Être niée par celle qui vous a accouchée. C'est dur de confier cela à sa propre fille.

Je me sens vide.

Insensible.

Indifférente à tout.

# Léa

Les adultes, toujours frileux ! Après tout, ma mère fait comme elle veut. C'est *son* problème, *sa* vie. Qu'elle se réfugie dans la pâtisserie si ça lui chante !

J'ai téléphoné à Anthony.

– Alors, ta mère est d'accord pour entreprendre les recherches ?

Lui qui le matin s'écriait :

– Super, Léa, tu verras, elle va la retrouver !

Pauvre Anthony.

– Elle a déjà fait les démarches.

– Ah ! elle... l'a retrouvée. Elle la connaît ?

– Non, et elle ne la retrouvera jamais, Anthony.

Silence au bout du fil. Je sens dans tout l'intérêt qu'il porte à ma mère tout l'amour qu'il a pour moi.

– Bon, je te laisse, Anthony.

Je n'avais pas envie d'expliquer davantage. Mais l'avoir entendu au téléphone m'a fait du bien. Je suis restée un long moment immobile dans le canapé. Le disque de la jungle finissait d'égrener ses gouttes de pluie, ses chants de serins... Je me suis approchée de la cuisine. Derrière la porte, aucun bruit. Un silence de mort. Et j'ai eu peur. J'ai cogné à la porte. J'ai tambouriné comme une folle. La porte s'est ouverte.

– Qu'y a-t-il, Léa ? Tu es folle de taper comme ça !

Je me suis précipitée dans ses bras.

C'est elle qui m'a consolée.

Je me suis assise à la table en face d'elle et j'ai battu les œufs en neige.

Maintenant que j'y pense, demain, c'est son anniversaire.

# Matilde

Ma Nina, aujourd'hui, 3 juillet, date de notre anniversaire à toutes deux, j'ai bien sûr pensé à toi. Que je te raconte.

– À onze heures, je passerai te prendre chez toi, m'avait dit Alain.

À onze heures tapantes, sa BM était en bas de l'immeuble.

Je le guettais, je ne l'ai pas fait attendre. J'ai pris l'ascenseur. Derrière, dans la voiture, ses trois enfants : Naïs, Magali, Benjamin, se chuchotaient des secrets. Les gamins qui ne savent pas contrôler le volume de leurs voix ! J'entendais distinctement les mots « anniversaire, Bonne-Maman, fête... »

– Difficile avec les mômes de faire une surprise, m'a glissé Alain en souriant.

– Une surprise, le 3 juillet, depuis plus de vingt ans, Alain, chaque année...

– Aujourd'hui, tu seras peut-être étonnée.

Paris était déjà vide. Dès que l'école est finie, Paris se désemplit. Moi-même, dans quelques jours, direction l'Océan.

La BM filait, rapide, mais pas du côté du treizième arrondissement.

– Où va-t-on ?

– Chez Christophe. Yannick et moi avons organisé le repas, lui... tout le reste.

Il faisait beau et en compagnie d'Alain, malgré les enfants qui se disputaient à l'arrière, j'étais bien.

Nous sommes arrivés chez Christophe à Magny-les-Hameaux. Une immense table était installée dans le jardin. Un banquet, carrément. Une grande banderole « BON ANNIVERSAIRE » avec le nombre soixante. C'était bien du Alain, cela ! Organisation impeccable. Toute la fête allait être parfaite : toasts délicieux, champagne à volonté... Je me demande parfois si mes enfants ne se font pas plaisir à eux-mêmes en organisant une fête pour mon anniversaire.

– Tu vas voir, il n'y aura que nous et quelques personnes invitées par Christophe.

Je suis descendue de voiture.

Et soudain, plein de gens autour de moi. Crépitement d'applaudissements. « Bon anniversaire, Matilde » fusait de tous les côtés.

J'ai eu un choc. J'écarquillais les yeux, stupéfaite. Devant moi, surgie soudainement : Charlotte. Charlotte, ma copine de fac avec qui j'ai partagé ma chambre d'étudiante pendant près de trois ans. Charlotte qui me confiait ses invraisemblables histoires d'amour, Charlotte qui m'entraînait dans les manifestations féministes, au cinéma d'art et d'essai et qui a fini comédienne. Ma Charlotte, quoi. Toute ma jeunesse !

– Ça alors ! j'ai bégayé.

Je ne l'avais pas revue depuis... depuis trente ans ! À la naissance de Christophe.

Nous sommes tombées dans les bras l'une de l'autre.

– Tu n'as pas changé, Matilde.

– Toi non plus.

C'était vrai. Tout m'est revenu d'un seul coup : la fac de lettres, ma première rencontre avec Bruno...

– Dis donc, tes deux bambins en short ont grandi, a-t-elle dit en désignant Alain et Christophe.

J'ai tourné la tête et mon regard a enregistré la silhouette qui s'avançait vers moi...

– Jean-Marie ?

D'interrogatif, mon ton est devenu exclamatif :

– Jean-Marie !

Jean-Marie, mon premier amoureux, mon premier amour, quand j'avais... huit ans. Un premier amour, surtout enfant, ne s'oublie jamais.

Nous avons été séparés à la rentrée au collège.

Christophe avait son petit sourire.

– Mais comment avez-vous fait pour le retrouver ? ai-je demandé.

– Tu sais, de nos jours, retrouver quelqu'un, avec Internet, c'est facile.

Un instant, j'ai pensé à toi, Nina. Non, ce n'est pas vrai, pas facile de retrouver quelqu'un.

Jean-Marie était planté devant moi, un superbe bouquet de roses à la main.

– Il y en a soixante. Et, Matilde, voici un autre bouquet, petit celui-ci, cueilli ce matin dans mon jardin : huit marguerites, le bouquet que je n'ai jamais osé t'offrir pour tes huit ans. J'étais fou amoureux de toi, tu t'en doutais même si je ne te le disais pas. Aujourd'hui, haut et fort, je le dis : je t'aime. Nous te le disons tous : ON T'AIME !

Je l'ai serré dans mes bras, lui ai chuchoté :

– Tu m'as quand même embrassée, souviens-toi, sur l'aqueduc du Vidourle.

– Ah ! le Vidourle, a-t-il murmuré, mon premier baiser ! Mon premier vrai baiser, tu penses si je m'en souviens. Après, nous avons pêché des têtards...

Charlotte, ma copine de fac, Jean-Marie, mon premier amour...

– Tu te rappelles, l'école primaire, mademoiselle Turquay, notre maîtresse ? a-t-il ajouté.

Comme s'il était possible d'oublier mademoiselle Turquay ! Mademoiselle Turquay, toute mon enfance... Elle à qui je dois l'amour des mots, des livres, de la littérature. Peut-être même de la vie. À l'évocation de ce seul nom, une bouffée d'émotion me remontait. Et soudain, j'ai cru que je rêvais : toute rapetissée, avec son éternel chignon, devant moi, dans le jardin de Christophe, mademoiselle Turquay justement, ma maîtresse. Amaigrie, malade, mais je l'ai immédiatement reconnue. Les larmes me sont venues tout de suite. Jean-Marie l'a prise par le bras. Elle s'est hissée sur la pointe des pieds pour m'embrasser. Sur le front. Comme quand j'étais petite.

– Tu n'as pas changé, Matilde.

Malgré mon émotion, j'ai ri aux éclats parce qu'elle était sincère. Ça m'a fait tellement de bien de la voir. De la revoir.

Et puis il y a eu aussi Marianne, ma copine de lycée. Marianne, elle, toute mon adolescence. Marianne à qui je racontais tout. Pourtant, je ne lui ai jamais confié... J'ai eu un choc en la voyant. Elle était terriblement émue, elle aussi. Elle n'a pas deviné le trouble immense en moi. Marianne, un jour, sans le savoir, tu m'as appris la plus triste nouvelle que j'ai jamais eue dans ma vie.

Il y avait aussi Véronique, ma super copine de collège.

Tous les gens qui ont compté pour moi, réunis par Christophe pour mes soixante ans. La fête a été magnifique. Naïs, Magali et Benjamin avaient composé une chanson : *Chez Mamy Matilde, y a tout ce qu'il faut, chocolat crunch, jeux vidéo...*

Plusieurs fois j'ai failli pleurer. Tout les gens que j'aimais, que j'aime, autour de moi...

Sauf toi, Nina. Toi que je ne reverrai jamais. Malgré la joie de la fête, la tristesse est montée en moi. Boule dans la gorge.

Et soudain, alors que je dansais avec Alain, j'ai éclaté en sanglots.

Ma Nina.

Tout le monde a mis ça sur le compte de l'émotion. Et aussi sur ma solitude, depuis ma séparation d'avec Bruno. Tout le monde m'a réconfortée, Marianne, Véronique, Jean-Marie...

J'ai essuyé mes larmes.

– C'est l'émotion, ai-je expliqué.

Bien sûr, l'émotion, mais aussi...

Dans cette fête, Nina, une personne manquait, comme elle m'a toujours manqué dans ma vie. Toi, Nina.

Pour rassurer tout le monde, j'ai repris la danse avec Alain.

Et avec mon secret au fond de moi.

# Léa

– Allô ! bonjour Monsieur, j'aurais voulu un renseignement à propos des mères qui ont accouché sous X...

– Oui ? Lequel ?

– Une femme qui a accouché sous X et n'a pas souhaité lors de la naissance de son enfant que son identité soit communiquée peut-elle, plus tard, revenir sur sa décision, et faire en sorte que ses coordonnées puissent être données.

– Bien sûr. Cela arrive parfois.

« Bien sûr. »

Deux petits mots : Himalaya d'espoir.

Et si... Et si... la mère de Maman.

Je dois convaincre Maman. Au risque de la faire souffrir encore, de lui faire connaître peut-être une nouvelle déception.

– Qui ne risque rien n'a rien !

Ma mère vient de m'écouter. Elle secoue la tête.

– Non, Léa, je ne m'en sens pas la force. Affronter les complications administratives, me rendre malade, tout cela pour... me retrouver humiliée.

– Je t'en supplie, Maman, fais-le pour moi ! On ne sait jamais !

– Non, ma Léa.

– Je t'en prie, je viendrai avec toi, si tu veux.

Gros soupir de ma mère.

– Bon, d'accord, Léa, mais après, tu ne m'en reparleras plus jamais, entendu ?

Des longs couloirs qui n'en finissent pas. Des bureaux ternes, inhumains. Personnels affables et cependant pas assez chaleureux. Non, ce n'est pas le terme, plutôt : pas chaleureux avec justesse, comme il faudrait.

Une immense angoisse me gagne. Une culpabilité grandissante. Je regarde ma mère, mal à l'aise, tourmentée, et je m'en veux. Pourquoi l'ai-je forcée à venir ici, à se replonger dans ce qu'elle a tant de mal à oublier ?

Une chance sur combien, sur mille, dix mille, qu'elle retrouve sa mère ?

Ma petite maman, de te voir ainsi, si fragile, si désemparée, j'ai une envie soudaine de te serrer dans mes bras, de te couvrir de mots d'amour.

L'attente a duré plus de deux heures. Autour de nous, des personnes taciturnes, préoccupées, perdues dans leurs pensées, dans leur passé...

– Je recherche ma mère. Je suis née le 3 juillet 1957. Les prénoms qui m'ont été attribués à ma naissance : Anne-Flora-Muriel. Je suis déjà venue, il y a très longtemps et...

– Vous patientez un instant.

Nous avons patienté, Maman et moi. Longtemps.

Enfin l'employée est réapparue.

– Anne-Flora-Muriel. Vous avez beaucoup de chance, Madame, votre mère, en 1980, est revenue sur sa décision. Voici son identité, ses coordonnées.

En silence, abasourdie, n'y croyant pas, Maman m'a fait un sourire et a pris le petit papier.

– Merci, Madame, merci.

Nous sommes reparties, bras dessus, bras dessous.

Dehors, j'ai eu l'impression que le soleil brillait.

Le soleil brillait comme jamais.

Ma mère, au premier recoin d'immeuble, a déplié le papier.

Je ne suis pas vraiment sûre qu'elle ait pu le lire.

L'émotion ! Elle me l'a tendu.

« Matilde Écoifié. 36, rue du Dessous-des-Berges. Paris 13e. »

Paris 13e, à deux stations de métro de chez nous !

– Ma petite Léa, je te rends ton invitation au resto ? Tu appelles ton père ?

– Il va commencer à faire la gueule...

Ma mère a eu cette phrase :

– Aujourd'hui est un autre jour.

J'ai téléphoné à Papa d'une cabine et nous sommes allées dans un petit marocain. Couscous impérial, tout agneau, brochettes, merguez, côtelettes...

Une faim de loup nous avions, pour dévorer l'agneau !

Nous n'avons même pas échafaudé de projets :

« Tu crois que... Tu penses qu'elle... »

Nous n'avons pas parlé d'elle, mais nous n'avons pas arrêté d'y penser. Devant le thé à la menthe, Maman a décidé :

– Je vais en parler à ton père.

# Anne

« Matilde Écoifié, 36 rue du Dessous-des-Berges, Paris 13e. »

Je tapote sur le Minitel. Rien n'est gagné. Depuis 1980... Les coordonnées ont pu changer.

Un numéro de téléphone est apparu sur l'écran.

Le bout du tunnel, enfin !

Huit petits chiffres : code de ma délivrance.

Je ne sais si je vais vous rencontrer mais je suis tellement soulagée.

Je renais. Je nais. J'existe.

En laissant votre identité, vous avez cessé de me nier. Je calcule : en 1980, j'avais vingt et un ans. Vingt ans de perdus depuis. Et si j'étais retournée plus tôt me renseigner, et si... et si...

« Si-lence ! » comme disait Léa, petite, « si » j'employais trop le conditionnel.

Léa et Pierre, Pierre à qui j'ai enfin parlé, m'ont laissée seule pour appeler.

Et si, au bout du fil, je tombe sur un répondeur ?... J'ai repensé à ma fille : « Si-lence. » J'ai respiré un bon coup. J'ai répété ma phrase : « Voilà, je m'appelle Anne Plume... »

Je suis soudain étrangement calme.

« ... et je suis votre fille. »

J'ai peur et je suis heureuse.

Je prends mon courage, décroche le téléphone.

# Matilde

« Voilà, je m'appelle Anne Plume et je suis votre fille », a dit la voix au bout du fil. Simplement

Et soudain, je me suis sentie sereine Étrangement calme.

Enfin.

Enfin, tu m'avais recherchée, Nina. Trouvée.

– Vous voulez me rencontrer ?

– Oui.

– Où ? Dans un café ?

– Si vous voulez.

– Venez chez moi, plutôt. Vous avez l'adresse. 36, rue du Dessous-des-Berges. Demain ? Quatorze heures ? Ça vous convient ?

– Oui, très bien.

– Alors, à demain, je vous attendrai, heu... Anne.

En raccrochant, je me suis aussitôt traitée de tous les noms. Je ne t'avais même pas demandé ton adresse, ton numéro de téléphone ! Si tu changeais d'avis...

Ma Nina, après ton appel, je suis sortie m'aérer. J'ai fait trois fois de suite le tour de l'immeuble. Si sereine et si complètement bouleversée.

Ma Nina. Je ne peux pas encore dire Anne...

Tu as sonné chez moi à quatorze heures tapantes.

Ton regard noisette m'a surprise tout de suite. De la même couleur que celui de Christophe. La même couleur que le mien.

– Bonjour.

– Bonjour.

Pudeur ? Timidité ? Émotion ? Nous n'avons pas osé nous embrasser.

Ma Nina. Nous étions tellement embarrassées l'une et l'autre.

– Tu veux du thé ?

– Si vous aviez plutôt quelque chose de frais, il fait si chaud...

Nous avons commencé notre entretien comme deux étrangères qui se sont invitées. N'était-ce pas cela au fond ?

Dans mes cahiers bleus, Nina, je t'ai toujours tutoyée, aussi l'ai-je fait naturellement quand je t'ai rencontrée. Tu n'en as pas paru étonnée.

Je me mets en quatre pour te servir une boisson, sortir des glaçons.

– Tu... tu n'aimes pas le jus de pommes ?

– Si... C'est parfait.

Silences, inévitables, mais ta voix, Nina, me fait chaud au cœur.

– Heu... vous faites quoi dans la vie ?

Normal que tu me poses cette question. Mais la situation me paraît surréaliste.

– Professeur de lettres, depuis un mois je suis à la retraite.

« Je lui raconte mon métier comme je le dirais à une inconnue rencontrée dans un train », je ne cessais de penser en moi-même.

Mais tout comme ta voix, ton regard, Nina, est chaud.

« Parle-moi de ton enfance ? As-tu été heureuse avec tes parents adoptifs ? » La question me brûlait les lèvres. Je n'ai pas osé. De quel droit ? « Pas tout de suite, plus tard », ai-je pensé.

– Moi, je suis une scientifique.

Tu m'as parlé de ton métier avec passion mais comme... tu l'aurais fait avec une étrangère. Nous n'avons pas parlé de « nous ». Mais chaque geste, chaque mot, même anodins, disaient tellement...

À seize heures, tu t'es levée.

–Je ne m'ennuie pas, mais je dois rentrer. Ma fille...

Tu as expliqué :

–J'ai oublié de vous dire l'essentiel : j'ai une fille de dix-sept ans, Léa. En ce moment, d'ailleurs, elle pense à nous. Elle m'attend pour que je lui raconte.

Cette phrase, Nina, m'a touchée. Je me suis sentie, à ce moment-là, peut-être un peu plus proche de toi.

Nous ne nous sommes pas donné de nouveau rendez-vous. Tu m'as seulement laissé ta carte.

Ma Nina, je te rappellerai, je le sais. Pas demain, peut-être, pour ne pas aller trop vite.

–Au fait, Anne, ai-je dit sur le pas de la porte, tu as deux frères, enfin, deux demi-frères : Alain et Christophe. Ils seront heureux, je crois, de faire ta connaissance.

Ma Nina, c'est ridicule, mais j'ai peur de te décevoir, de ne pas être à la hauteur.

Être à la hauteur ? Comme si je pouvais l'être un jour, maintenant !

Comme s'il était temps pour l'être !

Le temps perdu ne se rattrape pas. Et je l'ai compris en te voyant.

Ma Nina. Il me faudra beaucoup de temps pour t'appeler Anne. Non, peut-être pas, après tout.

Anne. Anne. Anne. C'est un joli prénom aussi. Aussi joli que Nina. Et il te va bien.

Tu n'es pas comme je t'avais imaginée. En fait, je ne t'avais pas imaginée vraiment. Il va falloir ne rien brusquer, lentement aller l'une vers l'autre. Pour se trouver, à défaut de se retrouver.

Tu m'as raconté ton métier, ta passion pour les sciences, tu m'as appris l'existence de ta fille. Tu ne m'as rien dit de ton enfance, de ton adolescence. Moi non plus, je ne t'ai pas dit grand-chose.

Je te dois pourtant des explications, je te dois l'histoire de ton père... Il nous faudra apprendre peu à peu à nous parler. Merci de ne pas avoir posé de questions, de me laisser le temps. Le temps de te connaître.

Anne. Tu vois, ça vient déjà.

# Léa

Aujourd'hui, 3 août, nous recevons Matilde. Autrement dit, ma grand-mère. Voilà trois semaines que Maman a fait sa connaissance. Cette nouvelle, l'existence de « Matilde », la « mère de ma mère », cette nouvelle insoupçonnable il y a à peine un mois, a carrément éclipsé mon succès au bac. J'en suis très heureuse.

Nous recevons donc Matilde, et Maman est d'un calme olympien qui m'étonne.

Moi, je suis plutôt énervée, excitée même. Et Papa... intrigué au plus haut point. Quand Maman lui a appris tout, sa naissance, « son secret », il est resté un très long moment sans rien dire. Avoir vécu avec Maman, à côté d'elle, pendant des années et ne s'être aperçu de rien l'a ébranlé. Il s'y fait. Et puis Maman paraît tellement différente, sereine.

Maman a vu Matilde à trois reprises. Au retour de son premier rendez-vous, je l'attendais, terriblement impatiente. J'avais même refusé de voir Anthony. Comment était ma grand-mère ? J'avais relancée Maman dans cette « aventure » et j'étais très inquiète. Devant mon air interrogateur, ma mère m'a tout de suite rassurée :

– Pas alcoolique, pas droguée, pas prostituée. Normale, quoi ! Et elle s'est mise à rire. Ce n'est pas rigolo, je sais, Léa, mais comprends-moi : je déstresse.

– Raconte-moi, Maman.

Elle s'est assise à côté de moi sur le canapé. Elle a pris ma main :

– Des retrouvailles, ainsi, après tant d'années, ne sont pas évidentes. Il faut du temps.

Elle n'a rien dit d'autre.

Rien non plus après les deux rendez-vous suivants. Je sais que Matilde l'a appelée au téléphone plusieurs fois. Pour lui dire qu'elle pensait à elle, mais qu'il ne fallait rien précipiter.

– Oui, oui, je suis d'accord, a répondu Maman.

Depuis qu'elle a rencontré sa mère, Maman est incroyablement calme. Moi, pas vraiment.

– J'ai une nouvelle grand-mère (je n'oublie pas Grany) et je ne sais rien d'elle ! ai-je crié, excédée, à Maman.

–Eh bien, on va l'inviter, Léa, tu la connaîtras. Tu veux bien, Pierre ?

Évidemment que Papa voulait bien.

Nous l'attendons. Je suis anxieuse. Pas la même inquiétude que le jour du bac, pire ! Pour un examen, on doit compter sur soi... Là, il n'est pas question seulement de moi... Et si ma grand-mère ne m'acceptait pas...

–Je l'appellerai Matilde, hein, Maman ? Je ne vais pas lui dire Grand-Mère, tout de même, comme ça, du jour au lendemain.

–Et moi, Belle-Maman ? a dit Papa.

–Et moi, Grand-Maman-Belle, a conclu Anthony.

Pour la première invitation de Matilde, je lui ai proposé de venir. Il a refusé :

–Pour le premier jour, je vous laisse en famille. Mais après, oui, j'espère bien la connaître.

Maman n'a pas mis les petits plats dans les grands. Au menu : tomates-mozzarella, poulet-frites et glace à la noix de coco. Ce qu'elle sait le mieux faire et je trouve cela très bien.

Et Matilde est arrivée. Elle a dit « Bonjour, Pierre, bonjour, Léa » et nous a embrassés. Simplement. Je ne l'imaginais pas du tout comme ça. Elle est aussi grande que Maman est petite. Maman ne lui ressemble pas. À part le regard. À table, nous avons parlé de Grany et Papy. Matilde a posé une foule de questions sur eux. Et elle a paru soulagée de connaître l'enfance de Maman. Aucune question sur moi, sur Papa. Et elle n'a absolument pas parlé d'elle. « Ça viendra plus tard », dit Maman.

Après le café, elle s'est tournée vers moi :

– Tu me montres ta chambre, Léa ?

– Heu, oui... si tu veux.

J'avais du mal à la tutoyer – dire qu'elle était prof, qu'elle aurait pu être une de mes profs ! – mais je me voyais mal la vouvoyer.

Heureusement, j'avais prévu le coup : ma chambre était nickel. Quand Matilde est rentrée, mes deux serins, pile dans un rayon de soleil, se sont mis à chanter à tue-tête. Un gag ! On aurait cru à une mise en scène. Nous avons éclaté de rire.

– Je te présente Jean-Paul et Simone, ai-je dit devant la cage.

Elle a eu un temps d'arrêt, puis :

– Comme Sartre et de Beauvoir ?

– Mais oui !

Et là, elle a eu un large sourire qui a éclairé tout son visage :

–Je pense que nous allons nous entendre toutes les deux, Léa.

Je n'ai pas vu l'après-midi passer. Nous avons discuté de tout, de rien, de littérature beaucoup. Elle m'est TRÈS sympathique.

–Elle est très sympathique, a dit Papa après son départ.

Je ne suis pas sûre, en revanche, que Matilde, elle, ait beaucoup accroché avec lui.

# Matilde

Anne, ma petite,

C'est ridicule. Avec toi, je reste encore intimidée. Alors qu'avec ta fille, tout de suite, le courant est passé. Peut-être l'habitude des jeunes... Peut-être que nous nous ressemblons, Léa et moi.

Et puis, entre nous, Anne, il y a ce silence, pendant des années, difficile à surmonter.

J'écris pour la dernière fois, je crois, dans ce cahier. Le quinzième, celui-ci, restera donc inachevé.

Ta fille est venue me voir cet après-midi. Sa visite m'a fait très plaisir. Nous avons beaucoup parlé. De toi, de moi, de ton père. Je vais l'inviter à l'Île-aux-Moines.

J'ai beaucoup parlé avec elle mais c'est à toi, ma chérie, que je dois des explications. Je te les donnerai de vive voix. Si je n'y arrivais pas, je te confierais les treize cahiers qui m'ont accompagnée tout le long de ma vie, dans lesquels je t'ai parlé, parlé encore et encore. Dans lesquels j'ai écrit ce que je n'oserai peut-être jamais t'avouer.

Mais, promis, j'essaierai de t'expliquer, de vive voix, un de ces jours.

Ton père s'appelait François. Il était en classe de seconde, au même lycée que moi. C'était un jeune certainement comme un autre, et moi, j'étais une jeune guère différente des autres. Mais je le trouvais magnifique, tout de suite cela a été le coup de foudre entre nous. Un coup de foudre comme les jeunes peuvent les vivre à seize-dix-sept ans. Nous étions attirés l'un vers l'autre, comme aimantés.

*On n'est pas sérieux quand on a dix-sept ans et qu'on a des tilleuls verts sur la promenade.*

La suite, la preuve de notre amour ?

... Tu es là.

Mes parents ont fait un scandale aux siens. Ses parents étaient aussi rigides que les miens. François m'aimait, il a certainement essayé de savoir où mes parents m'avaient envoyée accoucher sous X. Il a dû souffrir lui aussi d'être séparé de moi. Mais je ne le savais pas. J'ai eu des doutes, j'ai cru qu'il s'était joué de moi. Plus tard seulement, j'ai compris que ses parents avaient tout fait pour nous séparer. Toujours est-il, quand je suis revenue de Paris où je t'avais mise au monde, plus de lui au lycée. Plus aucune nouvelle. Je n'ai jamais su où ses parents l'avaient éloigné.

Je ne l'ai jamais revu. Marianne, ma grande amie du lycée, un jour – un an après ta naissance –, sans se douter une seule seconde qu'elle m'apprenait la pire des nouvelles – elle n'était pas au courant de notre amour, nous n'en avions parlé à personne –, m'a annoncé :

– Tu te rappelles François, qui était en seconde avec nous, l'année dernière ?

Mon cœur s'est mis à battre.

– Eh bien, il s'est noyé accidentellement.

Il y a quarante-trois ans, Anne. Dans la mallette qui me suit depuis toujours, j'ai les cahiers sur lesquels je t'ai écrit, des photos d'élèves et aussi une enveloppe, jaunie maintenant, cachetée depuis quarante-trois ans.

Tout à l'heure, je l'ai donnée à Léa. Elle est, je pense, le meilleur messager qui soit.

– Pour ta mère, lui ai-je dit.

– C'est quoi ? a-t-elle demandé. Pas par curiosité. Par intérêt pour toi. Elle t'aime énormément, Anne. Vous avez beaucoup de chance toutes les deux. J'ai de la chance de vous avoir dans ma vie, maintenant.

– Oh ! je peux te montrer, Léa...

J'ai décacheté l'enveloppe jaunie et j'ai sorti la photo pour la lui montrer. Un vieux portrait en noir et blanc représentant un jeune garçon aux yeux clairs. Purs. Style Rimbaud.

Je la lui ai tendue :

– Ton grand-père.

Elle l'a détaillée, puis l'a retournée machinalement.

Au dos, quelques lignes étaient écrites. Étonnée, je me suis penchée et j'ai eu un choc. Je ne me souvenais plus.

Au dos de sa photo, François avait écrit :

*« Matilde, je t'aime par tacite reconduction. Mai 57. »*

Protégée dans l'enveloppe depuis quarante-trois ans, l'encre n'avait pas pâli. Les mots semblaient avoir été tracés à l'instant.

Voilà, Anne. Je suis heureuse de t'avoir retrouvée. De t'avoir tout court. Je vais refermer ce cahier maintenant, pour toujours. Je n'éprouve plus le besoin de t'écrire et j'en suis heureuse.

Anne, je le rouvre pour ajouter ceci : sur le bureau, je viens de retrouver les affaires sorties de mon cartable. Mon dernier cours aux élèves de seconde BEP m'est revenu en mémoire. « Hé, M'dame, vous n'allez pas nous faire galérer, le jour de la sortie... » Parmi les feuilles, j'ai retrouvé la copie de Djamal...

*On n'est pas sérieux quand on a dix-sept ans...*

Dix-sept ans. L'âge peut-être le plus important dans une vie.

Je ne résiste pas au plaisir de te recopier ce que Djamal a écrit.

*À lire en rap.*

*On n'est pas sérieux quand on a dix-sept ans*
*Ce sont les adultes qui disent ça*
*Moi, j'y crois pas,*
*Quand on a dix-sept ans,*
*On a la tête pleine de soucis*
*Des grands, des petits,*
*Des petits, des grands*
*Quand on a dix-sept ans.*

*Quand on a dix-sept ans*
*C'est une évidence,*
*On a la vie devant soi,*
*Et moi, la vie, j'y crois.*

En bas de sa copie, Djamal avait ajouté, en gros :

*BONNE RETRAITE, MADAME.*

# Lire le monde
# avec la collection
# "les uns les autres"

**Algérie**

En attendant Éliane *Alain Korkos*
La gare de Rachid *Pascal Garnier*
Les Rois de l'horizon *Janine Teisson*

**Allemagne**

La rose américaine *Ilse Losa*

**Amazonie**

Un bateau sur le fleuve *Michel Girin*

**Amérique du Sud**

La protestation *Guy Jimenes*
Les orphelins d'Amérique *Michel Piquemal*
Un bateau sur le fleuve *Michel Girin*

**Angleterre**

Alex *Yaël Hassan*

**Argentine**

La protestation *Guy Jimenes*

**Canada**

Mémoires d'un sauvage *William Camus*

**Chine**

Petite Lune *Joëlle Busuttil*

**Cuba**

Kike *Hilda Perera*

**Égypte**

Sarah de Cordoue *Rolande Causse*

**Espagne**

Sarah de Cordoue *Rolande Causse*

**États-Unis**

C'est encore loin l'Amérique ? *Pierre Plantier*
Kike *Hilda Perera*
Le garçon qui inventa la libellule *Tony Hillerman*

**France**

Sarah et l'écumeur de rivages *Alain Adaken*
Une si petite flamme *Robert Bigot*
Port Bastille *Rolande Causse*
Liberté pour Hannah *Michel Cosem*
Un père *Jean-Loup Craipeau*
La gare de Rachid *Pascal Garnier*
Ni d'Ève ni d'avant *Yaël Hassan*
Sans raison particulière *Yaël Hassan*
En attendant Éliane *Alain Korkos*
Le pêcheur de nuages *Philippe Lacoche*
Le huitième loup *Maryse Lamigeon*
La fille du canal *Thierry Lenain*
Un pacte avec le diable *Thierry Lenain*
Macaron citron *Claire Mazard*
L'absente *Claire Mazard*
Le cahier rouge *Claire Mazard*

Septième rang, septième place ! *Christian Neels*
Le chemin de la révolte *Christian Schott*
Au cinéma Lux *Janine Teisson*
Éric et Lucile (Camargue) *Patrick Vendamme*
Mal à ma mère *Clara Vidal*

**Grèce**
Le tigre dans la vitrine *Alki Zeï*

**Lieux imaginaires**
Les enfants perdus *Sophie Ducharme*
Les prisonniers d'Icibas *Janine Teisson*

**Maghreb**
La fille des sables *Jane Hervé, Herma Kervran*

**Nouvelle-Calédonie**
L'Herbe de guerre *Xavière Gauthier*

**Philippines**
La Prisonnière du magicien *Michel Girin*

**Sahara**
La Fille des sables *Jane Hervé, Herma Kervran*

**Sicile**
Le Maltagliato *Luce Fillol*

**Vietnam**
Pêcheur d'espoir *Michel Girin*